国家执业药师资格考试掌中宝系列

U0105693

中药药剂学

（含中药炮制学）

主　编　潘金火

中国医药科技出版社

图书在版编目（CIP）数据

中药药剂学/潘金火主编. —北京：中国医药科技出版社，2012.3

（国家执业药师资格考试掌中宝系列）

ISBN 978-7-5067-5382-1

Ⅰ.①中… Ⅱ.①潘… Ⅲ.①中药制剂学-药剂人员-资格考试-自学参考资料 Ⅳ.①R283

中国版本图书馆 CIP 数据核字（2012）第 013742 号

美术编辑 陈君杞

版式设计 郭小平

出版 中国医药科技出版社

地址 北京市海淀区文慧园北路甲 22 号

邮编 100082

电话 发行：010-62227427 邮购：010-62236938

网址 www.cmstp.com

规格 710×1000mm 1/32

印张 6 3/8

字数 131 千字

版次 2012 年 3 月第 1 版

印次 2012 年 3 月第 1 次印刷

印刷 三河市嘉科万达彩色印刷有限公司

经销 全国各地新华书店

书号 ISBN 978-7-5067-5382-1

定价 16.00 元

本社图书如存在印装质量问题请与本社联系调换

编 写 说 明

　　国家执业药师资格考试是国家为保障人民用药安全的一项重要资格准入制度，凡符合条件经过本考试并成绩合格者，由国家颁发《执业药师资格证书》，表明其具备了申请执业药师注册的资格。鉴于执业药师对安全合理用药的重要性，考试具有一定的难度。

　　为了更好的帮助广大考生学习掌握执业药师应具备的知识，我们在已出版的系列考试辅导图书的基础上，约请具有多年考前辅导经验的专家编写本套掌中宝图书。本套图书具有以下特点：

　　1. 选择小开本设计，便于广大在职考生复习携带；

　　2. 考点分级，便于考生安排复习重点；

　　3. 浓缩考试精华，叙述精当够用，提升复习效率；

　　4. 精心总结的复习图、表，更好的复习效果。

　　本书用"★"多少代表考点重要层级。"★★★"代表非常重要，需要熟练掌握；"★★"代表重要，应掌握主要考点内容；"★"代表普通考点或考试中较少命题的考点，应熟悉了解。

　　受编写时间的限制，书中存在的疏漏及不当之处敬请广大读者批评指正，以便在修订中不断完善。

　　在此，预祝各位考生通过自己的辛勤努力，顺利通过执业药师考试。

　　反馈邮箱：yykj401@yahoo.cn。

如何复习中药药剂学

中药药剂学是以中医药理论为指导，运用现代科学技术，研究中药药剂的配制理论、生产技术和质量控制等内容的综合性应用技术科学。本课程与生产实际及临床用药密切相关，是联结中医和中药的纽带。中药炮制学是在中医药理论指导下，专门研究中药炮制的理论、方法（工艺）、规格标准及其发展方向的科学。

根据全国执业中药师资格考试考试大纲的要求，结合《中药药剂学》和《中药炮制学》的课程特点，为使考生在复习过程中做到有的放矢，事半功倍，特提以下几点建议和要求，供大家参考。

（1）《中药药剂学》 要求大家重点掌握考试大纲中所涉及到的各种剂型的概念、特点、制备工艺和一般质量要求；熟悉浸提、分离、精制、浓缩、干燥、粉碎、筛析、混合等常见的单元操作的概念、目的、原理、影响因素及操作要领；了解药物制剂新剂型、新技术、生物药剂学、药物动力学、中药制剂稳定性及药物制剂的配伍变化等内容。

（2）《中药炮制学》 要求大家掌握炒法、炙法、煅法等几种重要的炮制方法的操作要点、炮制目的、代表药物；熟悉一些常用固体辅料、液体辅料的作用及常见中药的炮制方法、炮制规格。

（3）由于《中药药剂学》和《中药炮制学》内容庞杂，难以记住所有知识点，复习过程中应尽可能多看、多读（即应"泛读"），力求在理解的基础上多了解一些知识点，以便在遇到选择题或判断题时，稍加思考即能从容应对。不要也不可能将所有知识点都牢牢记住，因此，不需要看得很深，更不要死记硬背（即不要"精读"）。

（4）凡是打"（★★★）"的考点，都是重点内容，应完全掌握；打"（★★）"处是次重点内容，应力求熟悉；打"（★）"的是一般内容，了解一下即可。但这并不意味着重点或次重点内容都会考到，而一般内容不会考到，只是从专业要求来讲，重点或次重点内容都是大家应该要掌握或熟悉的基础知识、基本技能，当然这部分内容卷面上所占的比例也会更高一些。

（5）本书围绕考试大纲，力求深入浅出，简单明了地解释清楚每一考点的主要内容或精神实质，但由于有些内容很难用区区数句话讲清楚，为便于大家理解，势必要作一些简单的阐释或举例。还有一些知识点，虽表面上不太相关，但两者内涵联系紧密，或概念相近容易混淆，此时有必要给大家作一交待或做一点知识拓展。诸如此类的内容，在本书中都以楷体显示，大家若有兴趣、有精力的话不妨顺便浏览一下，如既没时间，也没精力，不看也罢，因为这部分内容不是考试大纲上所规定的要求大家掌握或了解的知识点。

目录
Contents

第 1 章　中药药剂学与中药剂型选择

需重点了解的知识点：

1. 中药药剂学的概念；

2. 中药剂型选择的基本原则；

3. 中药药剂学中常用术语；

4. 中药药剂的工作依据（重点了解《中国药典》的概念、作用、发展简况、主要内容）。

【考点1】★ **中药药剂学的概念**　中药药剂学是以中医药理论为指导，运用现代科学技术，研究中药药剂的配制理论、制备工艺、生产技术、质量控制和合理应用等内容的一门综合性应用技术科学。

【考点2】★★ **中药剂型选择的基本原则**　任何一种中药材或中药饮片都不能直接应用于患者，必须制成适合于患者应用的形式（即药物剂型），其目的是：

（1）满足临床用药的需要

●由疾病的性质所决定　例如治疗急性病，为使药效迅速，宜用注射剂、气雾剂、舌下片等；有些慢性疾病则需要药物的持久或延缓作用，可用丸剂、膏药及缓释片剂等。

●由疾病的部位所决定 为了适应给药部位的特点和治疗需要，也要选用不同的剂型。如皮肤疾患一般可选用硬膏剂、软膏剂及涂膜剂等；而对某些腔道疾患，如痔疮、溃疡、瘘管等则用栓剂、膜剂、条剂为宜。

（2）满足药物性质的要求

●为了发挥药物的预期疗效 如天花粉蛋白是从天花粉中提取与精制而得到的一种结晶物，制成肌肉注射剂用于早期引产，具有疗效好，使用方便，出血量少等优点，但口服则无效。

●为了减少药物的不良反应 中药中的一些毒剧药常入丸剂、散剂服用。

●为了使药物稳定、药效持久 有些药物在液体状态下易水解、氧化等，只能制成固体制剂，如水针剂改成粉针剂。

●为了改变药效 中药鸦胆子主要治疗疟疾、痢疾等，将其脂肪油提取出来制成静脉注射用脂肪乳，则具有抗癌作用。硫酸镁口服具有泻下作用，5%注射液能抑制大脑中枢神经，具有抗惊厥作用。

（3）便于服用、贮藏和运输

总之，药物与剂型之间，药物本身的疗效是主要的，而剂型对发挥疗效，在一定条件下也起着积极甚至决定性作用。在选择和设计剂型时，要力求药物剂型符合三效（高效、速效、长效），三小（剂量小、毒性小、副作用小）和五方便

（服用方便、携带方便、贮藏方便、生产方便、运输方便）的要求。

【考点3】★★★ 中药药剂学中常用术语

（1）药物、药品

药物　用于预防、治疗和诊断疾病的物质总称。包括原料药与药品。

药品　将原料药加工制成一定剂型，可直接应用的成品。

（2）中药饮片、植物油脂和提取物　中药饮片系指中药材经加工炮制后可直接用于中医临床或制剂生产的原料药。植物油脂系指以植物为原料所得的挥发油、油脂。提取物是指以动植物为原料所制得的有效部位、有效成分、流浸膏、浸膏等。

（3）剂型　为了发挥药物的最大疗效，减少不良反应，便于临床应用及贮存、运输等，根据药物的性质、用药目的及给药途径，将原料药加工制成适宜的形式，称为剂型。

（4）处方　广义上：凡制备任何一种药剂的书面文件均可称为处方。狭义上：医师诊断患者病情后，为其预防和治疗需要而写给药房的调配和发出药剂的书面文件。

我国处方的种类主要包括：法定处方、协定处方、医师处方、单方、验方、秘方、经方、古方等。

（5）制剂　根据药典、部（局）颁标准、制剂规范或其他现成的处方（如医院协定处方），将原料药物按某种剂型，加工制成具有一定规格，可直接用于临床的药品。

研究制剂工艺、理论和方法的科学称为制剂学。

（6）中成药（又叫中药成方制剂） 以中药饮片为原料，在中医药理论指导下，按规定的处方和制法大量生产，具有特定名称，并标明功能主治、用法用量和规格的药品。

中成药包括处方药和非处方药。

处方药（Prescribed Drugs，PD） 必须凭执业医师或执业助理医师处方才可调配、购买，在医师、药师或其他医疗专业人员监督、指导下方可使用的药品。

非处方药（Non-Prescribed Drugs，NPD） 不需凭执业医师或执业助理医师处方即可自行判断、购买和使用的药品。又称柜台发售药品（Over The Counter Drugs，OTC）。

（7）新药 未曾在中国境内上市销售过的药品。

（8）GMP（Good Manufacturing Practice，GMP） 即药品生产质量管理规范。它是药品生产和药品质量管理的基本准则，也是保证药品优质生产的一整套科学、合理和规范化的管理方法。

【考点4】★ 中药药剂的工作依据 《中华人民共和国药典》（以下简称《中国药典》）、部（局）颁《药品标准》、药事法规等均是中药药剂的工作依据。

（1）《中国药典》

概念：药典是一个国家记载药品质量标准的法典。由国家组织编纂，并由政府颁布施行，具有法律的约束力（药品质量标准的最高法典）。《中国药典》由国家药典委员会编纂，由政府颁布施行。

作用：作为药品生产、检验、供应与使用的法定依据。

发展简况：唐显庆四年（公元 659 年）由当代唐朝政府组织编纂并颁布的《新修本草》（又称"唐本草"）是我国也是世界上最早的一部全国性药典。1930 年国民党政府卫生署编纂了《中华药典》，主要参考英、美国家药典编纂而成，所制订的药品标准不符合我国的国情。

中华人民共和国成立以来，《中国药典》至今已颁布了九个版本（1953、1963、1977、1985、1990、1995、2000、2005、2010 年版）。除 1953 年版《中国药典》以外，1963 年版至 2000 年版《中国药典》均分为二部，其中一部收载的是中药材、中药饮片和中药成方制剂等，二部收载的是化学药品、抗生素和生化药品等。2005 年版和 2010 年版《中国药典》分为三部，一部收载的是中药材、中药饮片和中药成方制剂等，二部收载的是化学药品、抗生素和生化药品等，三部收载的是生物制品。

主要内容：包括凡例、正文、附录、索引等。

（2）部（局）颁《药品标准》　我国的国家药品标准除《中国药典》外，还有部（局）颁《药品标准》，后者收载的是同一时期内未被《中国药典》收载，但有较好防、治疾病的效果，或在全国有较多厂家生产的药品。部（局）颁《药品标准》仍然由国家药典委员会编纂，由 SFDA 颁布施行，同样具有法律的约束力，它也是药品生产、检验、供应、使用、监管等部门应共同遵循的法定依据。

（3）药事法规

概念：对药品研发、生产、检验、经营、管理等所作的一些政策、法令及法律法规方面的规定，对提高药品的质量，保证人民用药安全、有效起保证作用。

主要的药事法规有：

● 《中华人民共和国药品管理法》（现行《药品管理法》自 2001 年 12 月 1 日起施行。)

● 《中华人民共和国药品管理法实施条例》（现行《实施条例》自 2002 年 9 月 15 日起施行）

● 《药品注册管理办法》（现行《药品注册管理办法》自 2007 年 10 月 1 日起施行）

●有关质量管理规范：GAP、GMP、GLP、GCP、GSP

第2章 药剂卫生

需重点了解的知识点:

1. 药剂卫生的基本概念和基本要求;

2. 药剂被微生物污染的主要途径;

3. 空气洁净技术的概念、类别及洁净室的分级;

4. 常见灭菌和除菌法的类别、特点（包括灭菌参数 D、Z、F、F_0 值的概念、意义）;

5. 消毒剂与防腐剂的概念与主要品种。

【考点1】★ **药剂卫生的基本概念**　药剂卫生是指药剂的微生物学质量要求以及促使达到这一要求所采取的有效措施和方法。中药制剂大多要进行微生物限度检查（不得含致病菌），如口服片剂、丸剂、胶囊剂等。部分制剂要进行无菌检查（不能有任何活的微生物存在），如注射剂、用于手术及创口的制剂等。

【考点2】★ **药剂卫生的基本要求**　药剂被微生物污染，可能导致变质、失效，严重危害患者健康，因此，药品必须有严格的卫生标准。现行版《中国药典》一部附录部分对各类中药制剂的卫生标准作了具体规定。目前我国还要求对各种制剂的微生物检查方法进行方法学验证。

【考点3】★★ 药剂被微生物污染的主要途径

●制剂原料　主要指原药材或饮片

●各种辅料　指水或其他药剂辅料

●制药用具　包括制药机械、容器、用具等。

●环境空气　空气中含有大量尘埃粒子，其上附着有大量真菌、芽孢杆菌等微生物，这些尘埃粒子落入药剂中，也会污染药剂。

●操作人员　人体的皮肤、毛发、手及穿戴的鞋帽、衣物上常带有葡萄球菌、大肠杆菌、变形杆菌、真菌等，在操作过程中，也可能对药剂造成污染。

●包装材料　药剂包装所用的瓶、袋、纸等内包装材料也含有微生物，如不加注意，也能对药剂造成污染。

【考点4】★ 空气洁净技术的的概念、类别及洁净室的分级

(1) 概念　空气洁净技术是指能创造洁净空气环境（洁净空气室、洁净工作台等）的各种技术的总称。

(2) 类别

●非层流型空气洁净技术　进入洁净区的空气流线呈不规则状（紊流），各流线间的尘埃易相互扩散，不易除尽尘埃。可获得1万～10万级的洁净空气。

●层流型空气洁净技术　进入洁净区的空气流线呈同向平流状态，各流线间的尘埃不易相互扩散，室内所产生的尘埃粒子可随层流迅速除去。可获得100级的洁净空气（又可分为水平层流和垂直层流）。

（3）洁净室的分级　洁净室的标准，各国都有具体规定。我国曾把洁净室分为四级（现已取消30万级）。

各级要求每 m³ 空气中≥0.5μm 的尘粒不能超过的平均数如下：

100 级≤3500；

1 万级≤35 万；

10 万级≤350 万；

30 万级≤1050 万。

【考点5】★★ 灭菌法和无菌操作法

1. 基本概念

灭菌　是指采用物理或化学方法将所有致病和非致病微生物，包括细菌的芽孢全部杀死。

防腐　是指采用低温或化学药品防止和抑制微生物的生长繁殖。

消毒　是指采用物理或化学方法将病原微生物杀死。

2. 常用的灭菌（除菌）方法

物理灭菌法

（1）湿热灭菌法　利用饱和水蒸气、流通蒸汽或沸水来杀灭微生物的方法。

湿热灭菌法比干热灭菌法效果好。主要原因：

●水分多，蛋白质易凝固。细菌在湿热条件下，菌体吸收水分，蛋白质易凝固。

●蒸汽穿透力强

●蒸汽潜热大

热压灭菌法：在高压灭菌器内，利用高压蒸汽杀灭微生物的方法，它是最可靠的一种灭菌方法。

采用此法应注意：①排尽灭菌器（柜）内冷空气；②使用"饱和蒸汽"，不用"湿饱和蒸汽"和"过热蒸汽"。

流通蒸汽灭菌法和煮沸灭菌法：这两种灭菌法灭菌温度均为100℃，压力都是1个大气压，灭菌时间一般为30min。这两种灭菌法可以杀死所有繁殖体，但不能杀灭所有的芽孢。

(2) 干热灭菌法 利用火焰或干热空气进行灭菌的方法。

火焰灭菌法（灼烧灭菌法）：此法是最迅速、可靠、简便、紧急的灭菌方法，但只适合于一些耐热的金属、陶瓷或玻璃制品的紧急灭菌。

干热空气灭菌法：在干热灭菌器（烘箱）中用高温干热空气灭菌的方法。本法适用于：①耐高温的器皿，如玻璃瓶等。②不允许湿气穿透的油脂类或耐高温的粉末状药物、辅料。如滑石粉、凡士林、液体石蜡等。

(3) 辐射灭菌法 最常用的是^{60}Co-γ射线灭菌法。

本法的特点：

① 穿透力强，可对包装好的药品进行灭菌。不升高被灭菌物品的温度，特别适用于某些不耐热药物的灭菌。

② 绝大多数生物体对射线都比较敏感，在安全剂量下均可达到灭菌要求。

③ 可广泛用于液体、半固体或固体药物的灭菌。

④ 其缺点是费用相对较高。某些药物经灭菌后有可能会

引起化学成分和生物活性的改变，故应慎用。

滤过除菌法 滤过除菌法是使药物溶液通过无菌的滤器（孔径≤0.22μm），除去活的或死的微生物而得到无菌药液的方法。适用于不耐热的药物溶液，但必须要无菌操作才能确保制品完全无菌。

常用的除菌滤器有：垂熔玻璃滤器（漏斗）、石棉滤板、砂滤棒等。

化学灭菌法 用化学药品来杀灭微生物的方法。

（1）气体灭菌法

环氧乙烷灭菌法：环氧乙烷作用于菌体后，能与菌体蛋白中的—COOH、—NH$_2$、—SH、—OH 相结合，对菌体细胞的代谢产生不可逆的损害。适用于对热敏感的固体药物、塑料容器、聚乙烯或聚氯乙烯薄膜包装的药物的灭菌。

注意事项：环氧乙烷具有可燃性，使用时需用惰性气体如二氧化碳或卤代烃（氟利昂等）稀释。

甲醛蒸气灭菌法：甲醛灭菌力强，能使菌体蛋白产生不可逆变性，属于广谱杀菌剂，可广泛用于无菌操作室的灭菌。

（2）浸泡与表面消毒法 用醇类、酚类、表面活性剂、氧化剂等浸泡或擦拭用具、器皿等表面，以杀灭微生物。

3. 灭菌参数 D、Z、F、F$_0$ 值及其意义

（1）D 值与 Z 值

在一定温度下杀灭微生物 90%（即残存微生物 10%）时所需要的时间用 D 值表示（D 值也可看作在一定温度下微生物降低一个数量级所需要的时间）。D 值愈大，表明微生物的抗热性愈强，需要加热灭菌的时间越长。升高温度可降低 D 值。

Z 值为降低一个 $\lg D$ 值所需升高的温度，即灭菌时间减少到原来的 1/10 所需升高的温度。

(2) F 值与 F_0 值

F 值为在一系列不同温度 T 下给定 Z 值所产生的灭菌效果与在参比温度 T_0 下给定 Z 值所产生的灭菌效果相同时所相当的灭菌时间，以"分钟"为单位。即整个灭菌过程的效果相当于 T_0 温度下 F 时间的灭菌效果。F 值常用于干热灭菌。

F_0 值仅限于热压灭菌，其定义为一定灭菌温度（T），Z 为 10℃所产生的灭菌效果与 121℃，Z 值为 10℃所产生的灭菌效果相同时所相当的时间（分钟）。也就是说，不管温度如何变化，t 分钟内的灭菌效果相当于温度在 121℃下灭菌 F_0 分钟的效果，即它把所有温度下的灭菌效果都转化成 121℃下灭菌的等效值。因此称 F_0 为标准灭菌时间（分钟）。

【考点6】★ 消毒剂与防腐剂

消毒剂 凡能杀灭病原微生物的化学药品称为消毒剂。如 75%乙醇、0.2%新洁尔灭溶液等。

防腐剂 凡能抑制微生物生长繁殖的物质称为防腐剂。在通常的使用浓度下，防腐剂不能杀死微生物。如苯甲酸和苯甲酸钠、山梨酸和山梨酸钾、尼泊金酯类等。

注意：防腐剂对人体都可能有潜在的损害风险；每种防腐剂都有各自的使用环境要求和最佳使用浓度。

第3章 粉碎、筛析与混合

需重点了解的知识点：

1. 粉碎、筛析、混合的概念、目的和方法；

2. 药筛与药粉的基本概念；

3. 粉体学基本知识（粉体的基本性质）。

【考点1】★ **粉碎的概念** 粉碎是借机械力将大块固体物料粉碎成适宜程度的碎块或细粉的操作过程。

【考点2】★ **粉碎的目的**

(1) 增加药物的表面积，便于撒布、黏附。

(2) 促进有效成分的溶解或溶出。

(3) 便于与其他药物混合。

(4) 便于服用、调配。

(5) 有利于物料的干燥与贮存。

【考点3】★★ **粉碎的方法**

粉碎的方法可分为干法粉碎与湿法粉碎两类（后者是指粉碎过程中加入水或其他溶剂，以降低分子间内聚力或转移粉碎时所产生的热量，降低温度，以便于粉碎）。

干法粉碎又有单独粉碎、混合粉碎等。湿法粉碎主要有水飞法和加液研磨法等。

1. 干法粉碎

（1）混合粉碎　将处方中的药物适当处理后，全部或部分混合在一起粉碎的方法。中药复方制剂中的饮片大多采用此法粉碎，本法适用于一般粗料药。易发生低共熔的药物混合粉碎时易产生潮湿或液化现象，能否混合粉碎，取决于制剂的要求。

优点：

●粉碎与混合同时完成。

●能改变含油脂、糖分等药味的物性，使其易于粉碎。

两类特殊的混合粉碎方法：

含油脂较多的药材，如核桃肉、柏子仁、白苏子、黑芝麻、枣仁、杏仁等，粉碎时易黏机，并堵塞筛孔，常采用"串油法"粉碎，即将处方中油性大的药材留下，先将其他药材混合粉碎成粗粉，然后用此粗粉陆续掺入油性药材中，再行粉碎一次。

含糖分、树脂、树胶较多的药材，如熟地、黄精、玉竹、大枣等，黏性大，难以粉碎，常采用"串料法（串研法）"粉碎，即将处方中黏性大的药材留下，先将其他药材混合粉碎成粗粉，然后用此粗粉陆续掺入黏性药材中，再行粉碎一次。或将黏性药材与其他药材混合先作粗粉碎，将粗粉于60℃以下干燥后再行粉碎。

（2）单独粉碎　专门对某一味药单独进行粉碎的方法。

本法适用于树脂类、树胶类药材、贵细药、毒剧药、刺激性药、质地特别坚硬的药及粉碎时需要进行特殊处理的药。如乳香、没药、松香；羚羊角、麝香、牛黄；马钱子、红粉；矿物类药；蟾酥等等。

2. 湿法粉碎

（1）水飞法　将药材先打成碎块，放在研槽中，加适量水，用研轮重力研磨，适时将混悬液倾倒出来，余下的药渣再加水反复研磨，倾倒，直至全部研细为止。将混悬液合并，静置，倾去上清液，取沉淀，干燥，研散，过筛，即得极细粉。本法适用于不溶于水的矿物类、贝壳类药，如朱砂、礞石、炉甘石、珍珠等，质地十分坚硬，其他方法极难粉碎。

水飞法以前采用纯手工操作，现多用电动乳钵或球磨机代替。

（2）加液研磨法　向物料中加入少量液体（如乙醇、水）后进行研磨，直至物料被研成细末为止。如樟脑、冰片、麝香等。

除了以上普通的"干法粉碎"和"湿法粉碎"外，尚有"低温粉碎"、"超微粉碎"等特殊的粉碎方法。

低温粉碎　利用物料在低温状态下脆性增加，借机械力而使之破碎。

优点：①使本来难以粉碎的物料能够粉碎；②可获得更细的粉末；③防止挥发性成分损失；④防止粉碎机发烫后，药材发软，难以粉碎（如松香等药材），或已粉碎的药粉又重新粘结成块。

适用于：①在常温下粉碎困难的物料，如动物药、鲜药材等；②软化点、熔点低及热可塑性物料，如蛇、鳖、树脂、树胶、干浸膏等；③含水、含油、含糖较多的物料；④含挥发性成分的物料。

超微粉碎　采用特殊的设备和技术将药物粉碎至粒径小于 $75\mu m$ 的粉碎方法。本法适合于因溶解度小或溶出速度慢而导致药物难以吸收，难以发挥正常疗效的药物，或有效成分难以从组织细胞中溶出的植物性药材的粉碎。

3. 粉碎机械

粉碎机械多种多样，但其基本作用力一般有：截切、挤压、研磨、撞击、劈裂、撕裂、锉削等。常用粉碎机械有柴田式粉碎机、万能磨粉机、球磨机、流能磨等。

【考点4】★ **筛析的概念**　筛析包括过筛与离析，是指药粉通过一定的筛网或借助空气的流动、水的转动之力使粗粉与细粉或质重的与质轻的物料得以分离，或从空气中富集药粉的操作。

【考点5】★ **筛析的目的**

过筛：①使粗粉与细粉分开；②起混合作用；③在粉碎时，通过过筛，及时将细粉取出，避免能源浪费。

离析：①使质重的与质轻的药粉分开；②从空气中富集药粉。

【考点6】★★ **药筛与药粉**

（1）药筛　用于药剂生产的筛子称为药筛。

药筛种类：

●按是否符合《中国药典》之规定，分为标准药筛和非标准药筛，前者是指符合《中国药典》之规定，全国统一用于药剂生产的筛子。

●按制造工艺不同，分为编织筛和冲眼筛。

●按孔径小大不同，标准药筛采用 R40/3 系列国家标准，分为 1～9 号（孔径由大→小）。

在药剂生产中，还常以目数来表示筛孔和粉末的粗细。所谓"目"，是指每 1 英寸（2.54cm）长度上有多少个孔（孔径、孔距均要一致），例如，每 1 英寸长度有 80 个孔的筛子就叫做 80 目筛，能通过 80 目筛的粉末就叫 80 目粉。筛号数或筛目数越大，筛孔越小，粉末越细。

（2）药粉　粉末的等级是按照通过相应规格的药筛而定的。现行版《中国药典》规定了 6 种粉末等级规格：最粗粉、粗粉、中粉、细粉、最细粉、极细粉。

最粗粉：指能全部通过一号筛，但混有能通过三号筛不超过 20% 的粉末。

粗粉：指能全部通过二号筛，但混有能通过四号筛不超过 40% 的粉末。

中粉：指能全部通过四号筛，但混有能通过五号筛不超过 60% 的粉末。

细粉：指能全部通过五号筛，并含有能通过六号筛不少于 95% 的粉末。

最细粉：指能全部通过六号筛，并含有能通过七号筛不少于 95% 的粉末。

极细粉：指能全部通过八号筛，并含有能通过九号筛不少于95％的粉末。

【考点7】★ **粉体及粉体学概念** 粉体又称微粉，是指微细固体粒子的集合体。研究粉体及构成粉体的微细粒子相关理化性质的科学称为粉体学。

【考点8】★ **粉体的基本性质**

1. 粒子大小与形态

◆粒径的表示方法：几何学径（包括长径、短径、定向径等）、有效径、比表面积径等。

◆粒径测定方法：直接测定法（显微镜法、筛分法等）和间接测定法（沉降法、小孔通过法等）。

◆粒子形态：粉体的粒子形态是粉体的基本性质之一，它直接影响到粉体的流动性、比表面积、堆密度、吸附性等性质。实际上粉体微粒的形态极为复杂，很不规则，表面亦很粗糙，很难表述，一般通过显微镜观察粉体形态，并测定其长（l）、宽（b）、高（h）三轴长，并用三者关系定量描述其形态，如扁平度 b/h、延伸度 l/b 等。

2. 比表面积 比表面积是指单位质量（或单位体积）粉体所具有的总表面积。很多粉体有裂缝和孔隙，其表面又十分粗糙，所以粉体具有巨大的比表面积。粉体比表面积的大小直接影响粉体的吸附性、流动性、溶出率等性质。

3. 密度

真密度：除去微粒本身的孔隙及粒子之间的孔隙所占有的容积后计算得到的密度。

粒密度：除去粒子之间的孔隙，但不排除粒子本身的细小孔隙所得到的密度。

堆密度（松密度）：单位容积粉体的质量。

4. 孔隙率（$E_总$） 粉体的孔隙包括粉粒本身的孔隙和粉粒之间的孔隙。孔隙率是指粉粒内孔隙与粉粒间孔隙所占有的容积与粉体总容积之比。孔隙率大的粉体，堆密度小，为轻质粉，可压性差。

5. 流动性 粉体的流动性与粉粒间的作用力（如范德华力、静电力等）、粒度、粒度分布、粒子形态、表面磨擦力及含水量等因素有关。一般粉粒的粒径小于 $10\mu m$ 时，可产生胶黏性，除去 $10\mu m$ 以下粉粒，粉体的流动性会有改善。

流动性是粉体的重要性质之一，散剂的分装、胶囊剂的充填和片剂的压片等操作都要求物料（粉体或颗粒）有良好的流动性，以保证分剂量的准确。药剂学上常见的粉体流动性的表示方法及测定方法有以下两种：

（1）休止角（α）法 假如在一堆粉末上加更多的粉末，则粉末就会沿着圆锥形粉堆的斜面下滑，直到粉末间的相互摩擦作用与重力达到平衡，所产生的圆锥形粉堆斜面与水平面的夹角称为休止角（α）。

休止角（α）越小，表示粉体的流动性越好。一般认为：

$\alpha \leqslant 30°$时，流动性好。

$\alpha \leqslant 40°$时，可以基本满足生产过程中对粉体流动性的需求。

$\alpha > 40°$时，流动性不好，必须通过加助流剂、润滑剂等改善其流动性。

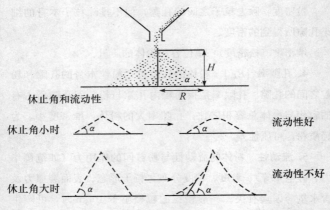

休止角和流动性

休止角小时 α → α 流动性好

休止角大时 α → α 流动性不好

（2）流速法 单位时间内，粉体由一定大小孔径的孔或管中流出的量称为流出速度，简称流速。流速越大，表示粉体的流动性越好。

测定方法：在圆柱形容器的底部中心开口，把粉体装入容器内，测定单位时间内流出的粉体量（体积或质量）。

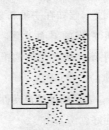

【考点9】★ 粉体特性对制剂的影响

（1）对制剂制备工艺的影响

●对混合的影响 混合是固体制剂生产中的重要操作，

混合均匀度是某些固体制剂的主要质量指标之一。粉体粒子大小、粒子形态、密度、流动性等是影响混合均匀度的重要因素之一。

●对分剂量的影响 散剂、颗粒剂的分装；胶囊剂的充填及片剂的压片，一般都是按容积分剂量，粉粒的堆密度、流动性等对分剂量的准确性有很大的影响。

●对可压性的影响 粉粒的堆密度、粒径、粒度分布、孔隙率、流动性等对片剂的可压性影响很大。所谓"可压性"是指一定量的粉粒，施以一定的压力，压成片剂的硬度，硬度越大，表示可压性越好。

（2）对制剂疗效的影响

●对片剂崩解性的影响 片剂在胃中崩解是其发挥疗效的首要条件，片剂崩解的快慢取决于水分渗入片中的快慢，而水分渗入片中的快慢又与片剂的孔隙径、孔隙率及润湿性有关，所有这些又都与压片时所用粉粒的粒度、粒度分布、堆密度、孔隙率、润湿性等有关。因此，粉体特性对片剂崩解以至药物溶出都有重要的影响。

●对难溶性药物溶解度及溶出速率的影响 药物的溶解度及溶出速率对其吸收、疗效有直接影响，特别是难溶性药物更明显。难溶性药物的溶解度及溶出速率与其比表面积有关，粒子小，比表面积大，溶解性能好，溶出速率快，疗效也好。

目前，减小粒径，增加比表面积仍是提高难溶性药物溶出度，改善疗效的有效方法之一。

【考点 10】★ **混合的概念** 混合是指将两种或两种以上固体粉末相互均匀分散的操作过程。

【考点 11】★ **混合的目的** 使多组分物质中各组分含量（比例）均匀一致。"均匀一致"是混合的基本原则。

【考点 12】★★ **混合方法**

（1）搅拌混合 不同组分的药粉通过人工或搅拌混合机反复搅拌以达到混合的目的。适用于重量、色泽与质地相近的不同药粉的混合（药物量大时该法不易混匀）。

（2）研磨混合 将药粉置研钵中，通过研磨使之混合均匀。本法较适合于一些结晶性药物的混合（粉碎与混合合二为一），但不适宜于具吸湿性或爆炸性药物的混合。

（3）过筛混合 将几种不同的药粉，通过过筛的方法使之混合均匀（有时要反复过筛若干次）。对于密度相差悬殊的组分来说，过筛以后还须加以搅拌才能混合均匀。

（4）混合筒混合 工业生产中，大量药粉混合时，一般采用混合筒混合。

为了使混合更容易达到"均匀一致"，在混合过程中，针对以下几种特殊情况，需分别采用"等量递增法"或"打底套色法"混合：

●组分药物比例量 不同组分药物比例量相差悬殊时，不易混合均匀。此时应采用"等量递增法"（又称"配研法"）混合。方法是先取量小的组分与等量的量大的组分混合均匀，再加入与混合物等量的量大的组分，混合均匀，如此倍量增加，直至加完全部量大的组分为止，混匀。

●组分药物的密度　组分药物的密度相差悬殊时，密度小的药物先加，密度大的药物后加，混匀。

●组分药物的色泽　组分药物的色泽相差悬殊时，色深的药物先加，色浅的药物后加，混匀。

（量少的、质轻的、色深的先加，俗称"打底"，量多的、质重的、色浅的后加，俗称"套色"。）

第 4 章　浸提、分离、精制、浓缩与干燥

需重点了解的知识点：

1. 浸提的概念、浸提溶剂与浸提辅助剂、浸提过程（浸提原理）及影响浸提的因素、常用方法；

2. 分离与精制的概念、常用方法；

3. 浓缩与干燥的概念、影响因素、常用方法及其特点。

【考点 1】★ **浸提的概念**　浸提是指利用适当的溶剂和方法，从原料药中将可溶性有效成分浸出的过程。

【考点 2】★ **浸提溶剂与浸提辅助剂**　浸提过程中，浸提溶剂的选择对浸提效果具有显著影响。浸提溶剂应对有效成分有较大的溶解度，而对无效成分少溶或不溶，且安全无毒，价廉易得。常用的浸提溶剂有水、乙醇。

为了提高浸提效能，增加有效组分的溶解度及制品的稳定性，尽可能少浸出杂质，在浸提溶剂中特加的某些物质叫浸提辅助剂（也叫辅助溶剂）。常用的浸提辅助剂有酸、碱、

甘油、表面活性剂等。

【考点3】★ 浸提过程（浸提原理） 浸提过程系指溶剂进入药材/饮片细胞组织，溶解或分散其化学成分而变成浸出液的过程。

浸提过程主要包括以下三个步骤。

（1）浸润、渗透阶段 药材干燥后，细胞内水分被蒸发，细胞壁皱缩，细胞液中的物质呈结晶或无定形形式沉结于细胞中。当与溶剂接触时，药材被溶剂润湿，溶剂渗透进入细胞中。

（2）解吸、溶解阶段 由于细胞中各种成分间有一定的亲和力，故于溶解前必须首先克服这种亲和力，才能使各种成分转入溶剂中，溶剂的这种作用称为解吸作用。

浸提溶剂通过毛细管和细胞间隙进入细胞组织后与经解吸的各种成分接触，使成分转入溶剂中，即为溶解阶段（实际上包括溶解、分散、乳化等过程）。

（3）扩散、置换阶段 当浸出溶剂进入细胞内溶解大量药物成分后，细胞内液体浓度显著增高，使细胞内外出现浓度差和渗透压差。由于浓度差的关系，细胞内高浓度的溶液不断向细胞外低浓度方向扩散，细胞外溶媒则向细胞内渗透，以平衡其渗透压，这就是扩散、置换阶段。细胞内外的浓度差是渗透与扩散的动力。

成分的扩散可用扩散公式表示：

$$ds/dt = -DF(dc/dx)$$

ds/dt—单位时间内的扩散量（扩散速度）

D—扩散系数

F—扩散面积，与药材的粒度及表面状态有关。

d*c*/d*x*—浓度差

浸提过程是由浸润、渗透、解吸、溶解及扩散、置换等几个相互联系的作用综合组成的。但上述几个阶段并非截然分开，往往是交错进行的。

【考点4】★ 影响浸提的因素

（1）**药材粒度**　从扩散公式的理论上说，药材粉碎得越细，扩散面越大，扩散速度越快，浸出效果越好。但药材粉碎得过细会使细胞大量破裂，细胞内所有成分都会无选择地大量溶出，既影响扩散过程，又易造成有效成分的吸附损失及后续操作的困难，如滤过困难，产品浑浊等。因此，药材的粒度应适当。

（2）**浸提温度**　一般温度愈高，扩散速度愈快。但浸提温度过高会使药材中的热敏性成分、挥发性成分因分解或挥发而损失，因此在浸提过程中，要适当控制温度。

（3）**浸提时间**　浸提时间应适宜，时间太短，有效成分不能浸提完全；时间太长，一些有效成分会被分解，大量杂质也会溶出，且一旦扩散达到平衡，时间再长都是做无用功，白白浪费能源。

（4）**浓度差**　浓度差是浸提过程中扩散作用的动力，增加浓度差会使扩散速度提高，扩散物质的量增多。浸提过程中的不断搅拌、经常更换新鲜溶剂以及采取流动溶剂的渗漉法等等，就是为了加大扩散层中化学成分的浓度差，提高浸提效果。

（5）**溶剂的 pH 值** 浸提溶剂的 pH 值与浸提效果有密切关系。在浸提过程中，往往根据需要调整浸提溶剂的 pH 值，以利于某些有效成分的提出。

一般来说，有机化合物成盐后水溶性加大（脂溶性降低），游离时脂溶性提高（水溶性降低），故常用酸水提碱，碱水提酸。

（6）**溶剂用量和浸提压力** 理论上讲，溶剂用量越大，浸提效果越好，但溶剂用量增大，会大大增加能耗及后续浓缩的工作量，因此，溶剂用量应适当。

加压浸提可加速质地坚硬的药材的浸润、渗透过程，缩短浸提时间，并可使部分细胞壁破裂，有利于提高浸提效果。但浸润、渗透过程结束后，或对质地疏松的药材而言，加压浸提意义不大。

（7）**新技术的应用** 近年来一些新技术的推广应用，提高了浸提效率，缩短了浸提时间，也更加节能、环保。如超声提取、微波提取、超临界流体提取等。

【考点5】★★★ 常用的浸提方法

（1）**浸渍法** 在一定温度下，用一定量的溶剂浸出药材有效成分的方法。可分为冷浸法和热浸法。

本法适用于黏性药材、无组织结构的药材、新鲜及易于膨胀的药材、价格低廉的芳香性药材。不适用于贵重药材、毒性药材及高浓度制剂。

（2）**煎煮法** 以水为溶剂，通过加热煮沸浸提药材中有效成分的方法。

本法适用于有效成分耐热且有效成分能溶于水的药材。

（3）渗漉法　是先将药材粉碎成适宜的颗粒或粗粉，湿润，装渗漉筒，往渗漉筒中不断添加新鲜的浸出溶剂使其渗过药粉，从下端出口处流出浸出液的一种浸提方法。有单渗漉法和重渗漉法之分。

操作步骤：粉碎→润湿→装筒→排气→浸渍→渗漉

特点：浸出效率高；浸出时间短；溶剂利用率高；常温下操作，对有效成分破坏少，且节能环保。

本法适用于贵重药材、毒性药材的浸提及高浓度制剂的制备，也可用于有效成分含量较低的药材的浸提及热敏性组分或挥发性组分的浸提。但新鲜的及易膨胀的药材、无组织结构的药材不宜选用。

（4）回流法　是指用乙醇等挥发性有机溶剂作为溶剂，采用专门的浸提装置或设备，通过加热浸提的一种方法，溶媒馏出后又被冷凝，回流至提取器中。

本法适用于耐热的脂溶性成分的浸提。

（5）其他方法

◆超临界 CO_2 流体萃取法（SFE）　是利用超临界状态下的 CO_2 流体作为提取介质的一种溶剂浸提法。

◆水蒸气蒸馏法　将含挥发性成分的药材与水或水蒸气共同蒸馏，挥发性成分随水蒸气一并馏出，经冷凝分取挥发性成分的一种浸提方法。

【考点6】★　分离的概念　分离是指将固体-液体非均相体系用适当方法分开的过程（又称固-液分离）。

【考点7】★★★　常用的分离方法

（1）沉降法　该法是利用固体物质与液体介质密度相差悬殊，固体物靠自身重力下沉而使固-液分离的一种方法。

此法分离不完全，通常还需进一步离心或滤过处理。

（2）离心法　将待分离的药液置离心机中，借助于离心机的高速旋转，使药液中的固体杂质和溶液产生不同的离心力，从而达到分离的目的。有时还可将离心法和滤过法合并使用，借离心过程中产生的强大离心力，使药液通过过滤介质，而固体物被截留。

（3）滤过法　将固-液混悬液通过一种多孔介质（如滤纸、微孔滤膜等），固体粒子被介质截留，液体经介质孔道流出，从而实现固-液分离的一种方法。

提高滤过效率的方法：①增大滤过面积（如板框压滤）；②增大压力差（如加压或减压滤过）；③降低药液黏度（如加热或保温滤过）；④扩大滤饼的毛细管孔径（如加助滤剂）；⑤缩短滤饼的毛细管长度（如预滤）。

超滤法　是在纳米数量级进行选择性滤过的膜分离技术，也是唯一能用于分子分离的滤过方法。截留的粒径范围为1～20nm，相当于相对分子量为300～30万的各种蛋白质分子或相应粒径的胶体微粒。

【考点8】★　精制的概念　精制是指用适当的方法除去中药浸提液（均相体系）中杂质的过程。

【考点9】★★★　常用的精制方法

（1）水提醇沉法　本法是先以水为溶剂对中药进行浸提，

经初步分离（滤过或离心）后，再以乙醇沉淀除去浸提液中杂质的方法。本法主要除去在醇中溶解度较小的一些水溶性大的杂质。

基本原理：有效成分既溶于水，又溶于乙醇，而杂质组分溶于水，但不溶于乙醇。

● 中药中的主要有效成分：生物碱及其盐类、苷类、有机酸及其盐类、黄酮类、蒽醌类等。

● 中药中的常见杂质：多糖类（淀粉、纤维素、黏液质等）、树脂类、无机盐类、氨基酸及蛋白质类等。

（2）醇提水沉法　其基本原理及操作方法与水提醇沉法大致相同。不同之处是：先用乙醇浸提可减少中药中黏液质、淀粉、蛋白质等杂质的提出，水处理又可较方便地将醇提液中的树脂、油脂、色素等杂质沉淀除去。故对含黏液质、淀粉、蛋白质等杂质较多的药材（如山药、茯苓等）较为适宜。本法主要除去在水中不溶的一些脂溶性大的杂质，如油脂、树脂、蜡质等。

（3）盐析法　在高分子溶液中加入无机盐至一定饱和度，使高分子物质沉淀析出而被除去的方法。

基本原理：加入大量的无机盐后，因盐强烈的水化作用，高分子物质外围的水化膜被破坏。另外，加入的盐在水中离解成正、负离子，可中和高分子物质表面的电荷。因高分子物质外围的水化膜受到破坏，同时因消除了相同电荷间的排斥作用，高分子物质的溶解度急剧下降而聚集沉淀。

（4）酸碱法　针对有效成分或杂质组分的溶解度与介质

（溶剂）的酸碱度密切相关的性质，在溶液中加入适量酸或碱，调节 pH 值至一定范围，使有效成分溶解而杂质组分析出，或杂质组分溶解而有效成分析出，通过滤过等方法使二者分离。

（5）其他精制方法

●吸附澄清法　在中药水提液中加入澄清剂，使药液中的杂质组分沉淀析出而被除去。

●大孔树脂吸附法　大孔树脂具有良好的网状结构和极大的比表面积，可通过氢键、范德华力、电性吸附等对药液中的不同成分产生大小不一的吸附力，用不同解吸附能力的洗脱剂洗脱，从而使浸提液中不同的组分得到分离。

【考点 10】★　**浓缩的概念**　浓缩又称蒸发，系指液体加热使部分溶剂气化而除去，得到浓缩液的操作。

【考点 11】★　**影响蒸发（浓缩）的因素**

影响蒸发的因素可用下列蒸发公式来表示：

$$m \propto S(F - f)/P$$

m：蒸发速率；

S：蒸发面积；

F：在一定温度下溶剂的饱和蒸气压；

f：在一定温度下液面溶剂的实际蒸气压；

P：液体表面所受到的外压；

由上式可知，m 与 P 成反比，与 S 及 $(F - f)$ 成正比，若 $F = f$ 时，蒸发即停止。

有鉴于此，为了提高蒸发效率，常采取的措施有：

（1）**扩大蒸发面积**　蒸发面积越大，蒸发速率愈快。

（2）**降低液面蒸气浓度**　蒸发速率与蒸发时液面上溶剂蒸气浓度成负相关，蒸气浓度越大，（$F-f$）越小，蒸发速率越慢，反之则越快。故在蒸发时要注意通风，及时挥散液面的蒸气分子，加快蒸发速率。

（3）**降低液体表面的压力**　液体表面压力 P 越大，蒸发速率越慢。因此，常采用减压蒸发，以提高蒸发效率。

（4）**搅拌**　溶剂的气化程度在液面总是最大，故液面部分药液浓度最高，黏度也最大，液面易产生结膜现象，结膜后不利于传热及蒸发，必须通过不断搅拌以破坏液膜，使溶剂分子远远不断地气化，以提高蒸发效率。

（5）**需要一定的温度差**　溶剂气化需要消耗能量，加热的温度要绝对高于药液的温度，以提供足够的热能。

【考点12】★ **常用的蒸发（浓缩）方法**

（1）**常压蒸发**　液体在一个大气压下进行的蒸发

特点：蒸发温度高、时间长，适用于有效成分耐热的药液的浓缩。

（2）**减压蒸发**　减压蒸发又称真空蒸发，是指在密闭的蒸发器中，通过抽真空以降低其内部压力，使液体沸点降低的蒸发操作。

特点：降低了蒸发的温度，缩短了蒸发的时间，提高了蒸发的效率。药物成分不易被破坏，适用于有效成分不宜长时间高温受热的药液的浓缩。

（3）**薄膜蒸发**　使液体形成薄膜，并因剧烈沸腾产生大量泡沫而加大气化表面的蒸发叫做薄膜蒸发。

特点：

● 蒸发速度快，受热时间短。

● 不受液体静压（液体底部的沸点高于液面）和过热的影响，成分不易被破坏，也不易焦化。

● 能连续操作，可在常压或减压下进行。

● 能回收溶剂。

【考点 13】★ 干燥的概念　干燥是指通过加热气化使湿物料中水分等溶剂除去，以得到干燥物料的操作。

【考点 14】★ 影响干燥的因素

（1）物料的性质　物料的性质包括物料的形状、大小、特性（如黏性等）、料层的厚薄及水分的结合方式等。

（2）干燥介质（空气）的温度、湿度、流速　在适当范围内提高介质（空气）的温度，会加快蒸发速度，有利于干燥。介质（空气）湿度大，干燥慢，故常采用鼓风干燥。在干燥前期（等速阶段），空气流速越大，干燥速度越快；在干燥后期（降速阶段），空气流速与干燥速度无关。

（3）干燥方式与干燥效率　动态干燥效率远比静态干燥高，动态干燥（如流化干燥、喷雾干燥）由于粉粒始终处于悬浮跳动状态，大大增加了蒸发面积，从而大大提高了干燥效率。

静态干燥时干燥速度不能太快，温度只能逐渐升高，否则物料内部的水分来不及扩散至表面，此时，物料表面因缺少水分会熔化结壳，形成"假干"现象，影响内部水分的继续扩散、蒸发。

(4) 压力　减小物料所受到的外界压力可以降低水分的沸点，从而可降低干燥温度，缩短干燥时间，提高干燥效率，故常采用减压干燥。

【考点15】★★ 常用的干燥方法

(1) 接触干燥　接触干燥是指被干燥物料直接与加热表面接触进行干燥的方法。

特点：干燥速率快；产品呈薄片状；生产过程可连续操作。适合于化学性质稳定的药物浓缩液或稠浸膏的干燥。

(2) 气流干燥　气流干燥系指在常压下利用热的干燥气流（有时也可用单纯的干燥气流）进行干燥的一种方法。

特点：干燥温度高，受热时间长。适合于有效成分耐热的物料的干燥，可以是稠浸膏，也可以是颗粒状物料。

(3) 真空干燥（减压干燥）　通过减压降低水分的沸点，提高干燥效率的一种干燥方法。

特点：降低了干燥温度，缩短了干燥时间，提高了干燥效率；干燥物疏松，易粉碎。适合于不能长时间高温受热的物料以及水分难以挥出的物料的干燥。

(4) 沸腾干燥　又称流化（床）干燥。它是利用热空气流使颗粒（粉末）悬浮，呈流态化，似沸腾状，热空气在湿颗粒（粉末）间通过，在动态下进行热交换，带走水分，以达到干燥的目的。

特点：干燥时间短。主要适用于颗粒状或粉末状物料的干燥。

（5）喷雾干燥　是将经适当浓缩的液体物料由喷雾器喷成细小雾滴，使总面积极大，当与干燥的热空气相遇时进行热交换，瞬间完成水分的蒸发，物料干燥成细粉状或细颗粒状。

特点：

◆干燥速度快，高温受热时间短，适用于热敏性药物的干燥。

◆可得极细粉末，且干燥、粉碎一步完成，缩短了工序，减少了工时。

◆生产过程可实行连续化操作，减小劳动强度。

◆适用于液体物料的干燥。

（6）冷冻干燥　又称升华干燥，系指将被干燥物料冷冻成固体，在低温减压条件下利用冰的升华性能，使冰直接升华成水蒸气而除去，以达到干燥的目的。

特点：

◆低温下干燥，适用于热敏性药物。

◆高真空度下干燥，干燥物为疏松多孔性的固体，溶解性好。

◆设备投资大，生产成本高，适合于粉针剂、生化制品等附加值高的药品生产。

（7）远红外干燥　系利用远红外辐射元件发出的远红外线被干燥物吸收后，使其分子、原子产生振动，物体的温度迅速升高，将水分等从湿物料中蒸发出来而达到干燥的目的。

特点：干燥效率高（干燥效率是热风干燥的 10 倍），干燥速度快。

(8) 微波干燥　微波是一种高频电磁波，波长为 1mm～1m，频率为 $300MHz～3×10^5 MHz$。

物料中的极性分子（尤其是水分子）对微波特别敏感，在微波作用下产生极化现象，不断地极速转动而发生剧烈的碰撞和摩擦，如此，极性分子就将所吸收的微波的能量迅速转化成热能，使湿物料被迅速加热，水分被蒸发而干燥。

特点：干燥效率高，干燥速度快。

第 5 章 散 剂

需重点了解的知识点：

1. 概念、特点、类别、制备流程；

2. 几种特殊散剂的制备（重点：含毒剧药散剂）。

【考点 1】★ 散剂的概念 散剂又称粉剂，是指一种或多种药物经粉碎、过筛、混合而制成的粉末状制剂。可供内服或外用。

【考点 2】★ 特点

（1）比表面积大，吸收快。

（2）有一定的机械保护作用，尤其适合于溃疡性疾患。

（3）制法简单，比液体药剂稳定。

【考点 3】★ 分类

（1）**按用途分** 内服散剂、外用散剂、眼用散剂。

（2）**按药味数分** 单味药散剂、复方散剂。

（3）**按药物性质分** 含毒剧药散剂、含液体组分散剂。

（4）**按剂量分** 单剂量散剂（内服散剂）、多剂量散剂（外用散剂）。

【考点4】★ 制备方法

一般工艺流程：粉碎→过筛→混合→分剂量→质量检查→包装

【考点5】★★★ 几类特殊散剂的制法

（1）含毒剧药散剂 毒剧药往往剂量很小，称量时费工费时，服用也极不方便，易损耗。因此，常在毒剧药中添加一定比例的赋形剂（稀释剂），制成稀释散（倍散）。

在调剂工作中常用10倍散、100倍散和1000倍散。倍散的稀释倍数可按药物的剂量而定，如剂量在0.01～0.1g者，可配制10倍散；剂量在0.01g以下，则应配成100倍散或1000倍散。

另外，在含毒剧药散剂的制备中，为了判断药物与赋形剂是否混合均匀，同时也为了区别稀释散与未经稀释的原药及稀释倍数的大小，一般习惯于向稀释散剂中加着色剂，并使不同稀释倍数的散剂形成一个颜色梯度，稀释倍数越大，颜色越浅，这样从颜色上就可起到警示作用。

所用着色剂均是食用染料，如胭脂红、苋菜红、靛蓝等。

（2）可形成低共熔混合物散剂 两种或多种固体药物经混合后有时出现润湿或液化现象，这种现象称为低共熔。对可形成低共熔混合物的散剂的配制，应根据形成低共熔混合物后对药理作用的影响，以及处方中所含其他非共熔性固体成分量的多少而定。

（3）含液体药物散剂 在复方散剂中，有时含有液体组分，如挥发油、非挥发性液体药物、酊剂、流浸膏等。对于这些液体药物的处理，应视药物的性质、用量及处方中其他固体成分的多少而定。一般可用处方中其他固体药物细粉吸收这些液体药物后，研匀。

（4）眼用散剂 施于眼部的散剂要求用极细粉（200目），且眼用散剂应要求无菌。

一般配制眼用散剂的药物多经水飞或直接粉碎成极细粉，配制的用具应灭菌。

第 6 章 浸出药剂

> 需重点了解的知识点：
>
> 1. 浸出药剂的概念、类别、特点；
>
> 2. 每一类浸出药剂的概念、特点、制法（包括有关注意事项）。

一、概述

【考点 1】★ 浸出药剂的概念　浸出药剂是指用适当的溶剂和方法从中药饮片中浸取有效成分而制成的一类制剂。

【考点 2】★ 浸出药剂的类型

水浸出药剂：汤剂、合剂等。

含醇浸出药剂：酒剂、酊剂、流浸膏剂等。

含糖浸出药剂：糖浆剂、煎膏剂等。

【考点 3】★ 浸出药剂的特点

优点：

◆具有原药材各种成分的综合作用，具有多效性。

◆作用缓和、持久。

◆如进一步去粗取精,有效成分的浓度可以提高,剂量可以降低。

缺点:

◆含有较多的杂质,贮存过程中往往会产生浑浊或沉淀。

◆以水为溶剂的浸出药剂易长霉、变质。

二、汤剂、合剂

【考点 1】★ **汤剂的概念**　汤剂是指将中药饮片加水煎煮,去渣取汁而制成的液体药剂。大多内服,也有外用。

【考点 2】★ **汤剂的特点**

优点:

◆能适应中医辨证施治,对症下药的特点。

◆吸收快,起效迅速,作用强。

◆制法简单。

◆以水为溶剂,溶剂本身无刺激性。

缺点:

◆以水为溶剂,有些脂溶性成分煎出不完全。

◆需临时煎制,使用和携带均不方便,且易霉变。

◆体积大,味苦,病人尤其是儿童的依从性较差。

【考点 3】★ **汤剂的制法**　煎煮法(有关煎煮过程中的注意事项及一些特殊药物的处理请自学)

【考点 4】★ **合剂的概念**　合剂(浓煎剂)系指中药饮片经提取、浓缩而制成的内服液体药剂。它属于汤剂的改进剂型。

【考点5】★ 合剂的特点

优点：

◆吸收快、起效迅速。

◆服用剂量小，一般20～30毫升/次。

◆可大量制备、贮存，不需临时煎煮。

缺点：

◆处方固定，不适于随证加减。

◆易长霉、变质（特别是已开过瓶的合剂）。

【考点6】★ 合剂的制法

工艺流程：提取→分离（精制）→浓缩→配液（加矫味剂、防腐剂，调节总量）→分装→灭菌

三、糖浆剂、煎膏剂

【考点1】★ 糖浆剂的概念 糖浆剂系指含药物、中药提取物或芳香性物质的浓蔗糖水溶液型液体药剂。《中国药典》规定中药糖浆剂含糖量一般不低于45%。

糖浆剂按所含成分和用途的不同可分为：

单糖浆 单纯的蔗糖近饱和的水溶液，其浓度一般为85%（g/ml），不含任何药物，可供制备药用糖浆等剂型的矫味剂、助悬剂、黏合剂。

药用糖浆 为含药物或中药提取物的浓蔗糖水溶液，具有一定的治疗作用，其含糖量一般为60%左右。

芳香糖浆 含芳香性物质或果汁的浓蔗糖水溶液，主要用作液体药剂的矫味剂，如橙皮糖浆等。

【考点2】★ 糖浆剂的特点

优点：

◆病人的依从性较好，尤其适合于小孩。

◆含糖量较高，有一定的防腐作用。

缺点：

◆生产成本相对较高。

◆不适于忌糖患者。

【考点3】★ 糖浆剂的制法　热溶法、混合法、冷溶法

【考点4】★ 煎膏剂的概念　煎膏剂是指中药饮片加水煎煮、浓缩后（清膏），加炼糖或炼蜜而制成的黏稠的半流体状的浸出药剂。

【考点5】★ 煎膏剂的特点

◆有滋补作用。

◆水分少，含糖量高，微生物不易生长。

◆生产成本相对较高。

◆以挥发性、热敏性成分为主的中药一般不宜制成煎膏剂。

【考点6】★★ 煎膏剂的制法　煎煮法

（1）煎煮　煎煮2～3次，滤过，合并煎液。

（2）浓缩　滤液浓缩至规定的相对密度，或趁热蘸取浓缩液滴于桑皮纸上，以液滴周围无渗出水迹为度，得"清膏"。

（3）收膏　取清膏，加2～3倍量炼糖或炼蜜，搅拌均匀，继续加热炼制，除沫。

收膏要求（收膏火候）：

密度——（热）40～42°Be，（冷）44～46°Be

温度——112～114℃之间。

经验法——挂旗；拉丝；鱼鳞泡或龟裂纹；涨潮 4 次以上。

炼糖目的：

① 使糖的晶粒熔化破坏，使部分蔗糖转变成转化糖（葡萄糖、果糖），减少"返砂"现象。

② 去除水分，杀死微生物。

炼糖方法：

糖＋0.5 倍量水＋0.1％酒石酸，煮沸（保持微沸 1～2 小时）。以转化率达 40％～50％，含水量达 22％左右为宜（经验：滴水成珠，脆不黏牙）。

（4）分装

【考点7】★★ 煎膏剂常出现的质量问题——返砂（贮存过程中，其表面析出白色的糖的结晶）

可能原因：

◆含糖量高。

◆糖没有转化好。

◆清膏未炼好。

解决办法：

① 注意含糖量。

② 控制转化率（当转化率＜35％或＞65％时，都易出现"返砂"现象，为此，在炼糖时要控制好炼糖的温度、时间）。

③ 注意清膏质量（炼到火候）。

四、酒剂、酊剂

【考点1】★ **酒剂的概念** 酒剂也称药酒，系指用白酒浸提中药饮片而制得的澄清液体药剂。多供内服（有的可内外兼用），有时可加糖或蜂蜜作矫味剂，也可加着色剂。

【考点2】★ **酊剂的概念** 酊剂系指中药饮片用不同浓度的乙醇为溶剂，采用浸出法、溶解法或稀释法等所制得的一种液体药剂。可外用，也可内服。

【考点3】★ **特点**

优点：

◆二种剂型均含有乙醇，而中药中的蛋白质、黏液质、树胶等成分都不溶于乙醇，故制剂中含上述杂质较少，澄明度较好。

◆长期贮存不易染菌变质。

◆属于液体制剂，服用后易吸收，起效较快。

◆制法简单。

缺点：所含成分复杂，贮存过程中易产生浑浊，甚至沉淀。

【考点4】★ **酒剂的制法** 冷浸法、热浸法、回流法、渗漉法

【考点5】★ **酊剂的制法** 溶解法、稀释法、浸渍法、渗漉法

五、流浸膏剂、浸膏剂

【考点1】★ **流浸膏剂的概念** 流浸膏剂系指中药饮片用

适宜的溶剂浸出有效成分后，通过浓缩，除去部分溶剂而制得的浓度较高的液体药剂。除另有规定外，流浸膏剂每 1ml 相当于 1g 饮片。

若以水为溶媒的流浸膏剂，最后应加乙醇至含醇量为 20%～25%，起防腐作用。

【考点 2】 ★ **浸膏剂的概念** 浸膏剂是指中药饮片用适宜的溶剂浸出有效成分后，通过浓缩或干燥，除去全部或大部分溶剂而制得的粉状或膏状的固体或半固体制剂。除另有规定外，每 1g 浸膏剂相当于 2～5g 饮片。

【考点 3】 ★ **特点**

◆药物含量较高，溶剂少，由溶剂引起的副作用少。

◆制备过程中要加热浓缩或干燥，因此，对含热敏性或挥发性成分的中药不宜制成流浸膏剂或浸膏剂。

◆除极少数直接用于临床外，绝大多数是作为制备其他制剂的原料（半成品）。

◆浸膏剂易吸潮软化或失水硬化，故应密闭贮存。

【考点 4】 ★ **制法** 渗漉法、煎煮法、回流法。

第7章 液体药剂

一、概述

【考点1】★ 概念 液体药剂系指药物溶解或分散在液体分散介质（溶剂）中所制成的液态制剂。可供内服、外用或注射等。

【考点2】★ 特点

优点：

◆吸收快，作用迅速，生物利用度较高。

◆给药途径广泛，服用方便，易于分剂量，尤其适合于

47

婴幼儿和老年患者。

◆能减少某些药物的刺激性（片剂等固体制剂口服后易使胃中局部浓度过高而产生强烈的刺激作用）。

缺点：

▲药物分散度大，化学稳定性差，易引起药物的化学降解，使药效降低甚至失效。

▲体积较大，携带、运输、贮存不方便，易霉变。

【考点3】★ 分类　药剂学上常按分散系统分：

分子、离子分散系 ｛ 低分子分散→真溶液（<1nm）
　　　　　　　　　　高分子分散 ｝ 胶体溶液（1～100nm）
粗分散系 ｛ 胶体粒子分散
　　　　　　粗粒分散 ｛ 液-液分散→乳浊液（>100nm）
　　　　　　　　　　　液-固分散→混悬液（>500nm，一般0.5～10μm）

二、表面活性剂

【考点1】★ 概念　凡是能急剧降低两相间界面张力的物质，称为表面活性剂。

【考点2】★ 结构特点　表面活性剂分子结构中既有亲水基团，又有疏水基团（亲油基团）。如硬脂酸钠（钠肥皂）分子结构如下：

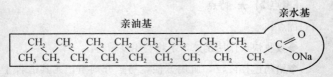

【考点3】★★★ 种类

按能否在水中解离成离子可分为离子型表面活性剂和非离子型表面活性剂。前者又可分为阴离子型表面活性剂、阳离子型表面活性剂和两性离子型表面活性剂。

1. 阴离子型表面活性剂 此类表面活性剂起表面活性作用的是其阴离子部分，主要用于外用制剂。

（1）肥皂类 为高级脂肪酸的盐，又有一价金属皂、多价金属皂和有机胺皂之分，它们都具有良好的表面活性作用，但易被酸所破坏，故应在碱性介质中使用。

（2）硫酸化物 主要是硫酸化油和高级脂肪醇的硫酸酯类，它们的乳化或去污能力较强，缺点是易水解。

如硫酸化蓖麻油，俗称土耳其红油，为无刺激性的去污剂和润湿剂，可代替肥皂洗涤皮肤。十二烷基硫酸钠、十六烷基硫酸钠等，常用作外用软膏的乳化剂。

（3）磺酸化物 属于此类的有脂肪族磺酸化物、烷基芳基磺酸化物和烷基萘磺酸化物，常用作乳化剂和去污剂。优点是不易水解。

如二辛基琥珀酸磺酸钠（商品名：阿洛索-OT）、十二烷基苯磺酸钠等，均为目前应用广泛的去污剂。

2. 阳离子型表面活性剂 此类表面活性剂起表面活性作用的是其阳离子部分，其分子结构的主要部分是一个五价的氮原子，因此，属于季铵类化合物。如洁尔灭和新洁尔灭。

特点：水溶性较大，在酸性或碱性介质中均较稳定。除具有良好的表面活性作用外，都具有很强的杀菌作用，故主要用于消毒杀菌。

3. 两性离子型表面活性剂　系指具有两种离子性质的表面活性剂，其分子结构中同时含有阴、阳两种离子基团，随介质的 pH 值变化而形成阳离子型或阴离子型表面活性剂。

在碱性溶液中呈阴离子型表面活性剂的性质；在酸性溶液中呈阳离子型表面活性剂的性质（杀菌力强，但毒性比阳离子型表面活性剂小）。

4. 非离子型表面活性剂　此类表面活性剂在水溶液中不呈解离状态，在其分子结构上，构成亲水基团的一般为甘油、聚乙二（烯）醇和山梨醇等多元醇，构成亲油基团的为长链脂肪酸或长链脂肪醇以及烷芳基等，它们以酯键或醚键相连。

特点：①毒性、溶血性小；②其活性不受 pH 值的影响；③性质稳定，可与大多数药物配伍；④既可外用，也可内服，还可注射。

（1）脱水山梨醇脂肪酸酯类　由脱水山梨醇与各种不同的脂肪酸所形成的酯类化合物，商品名为司盘类，乳化能力较强，一般用作 W/O 型乳剂的乳化剂或 O/W 型乳剂的辅助乳化剂。

（2）聚氧乙烯脱水山梨醇脂肪酸酯类　在司盘类剩余的羟基上再结合上聚氧乙烯基而制得的醚类化合物，商品名为吐温类。由于分子中增加了亲水性的聚氧乙烯基，故其亲水性增大，常用作增溶剂或 O/W 型乳化剂。

（3）聚氧乙烯脂肪酸酯类　由聚乙二醇和长链脂肪酸缩

合而成，商品名为卖泽类。乳化能力很强，常用作 O/W 型乳化剂。

（4）聚氧乙烯脂肪醇醚类　由聚乙二醇和脂肪醇缩合而成的醚类，商品名为苄泽类。常用作乳化剂或增溶剂。

【考点4】★★★　基本性质

（1）两亲性　表面活性剂分子中都有亲水、亲油两种基团，故表面活性剂都有一定的亲水、亲油性。亲水基团越多、越大——亲水性越强。亲油基团越多、越大——亲油性越强。

（2）定向排列　当表面活性剂溶解在水中时，首先被吸附在溶液表面，成定向排列（其亲水基团朝向水相，疏水基团朝向油相或空气），成定向排列。

（3）形成胶团（胶束）　当表面活性剂在水中的浓度达到一定值时，过多的表面活性剂不能吸附在溶液表面，而被留在溶液中，相互聚集，形成胶团（胶团有多种形状）。形成胶团时的最低浓度叫做表面活性剂的临界胶团浓度（CMC）。每一表面活性剂在一定温度下都有自己的临界胶团浓度。

（4）亲水亲油平衡值（HLB 值）表面活性剂的亲水亲油强弱程度，是以亲水亲油平衡值（HLB 值）表示的。HLB 值越大，亲水性越强（亲油性越弱）；HLB 值越小，亲油性越强（亲水性越弱）。

不同 HLB 值的表面活性剂在药剂中的应用：

1～3　消泡剂

3～8　W/O 型乳化剂

7～9　润湿剂、铺展剂

8～16　O/W 型乳化剂

13～16　去污剂

15～18　增溶剂

混合表面活性剂（两种或两种以上）HLB 值的计算：

$$HLB_{混} = (HLB_A \cdot w_A + HLB_B \cdot w_B + \cdots)/(w_A + w_B + \cdots)$$

上式中，HLB_A——A 的 HLB 值；

HLB_B——B 的 HLB 值

w_A——A 的用量（或在混合物中的比例）

w_B——B 的用量（或在混合物中的比例）

（5）毒性　表面活性剂的毒性主要表现在溶血性、刺激性及对有关脏器的损害性等。其毒性大小一般是：阳离子型＞阴离子型＞非离子型

（6）起昙现象和昙点（浊点）　某些含聚氧乙烯基的非离子型表面活性剂在水中的溶解度开始时随着温度的升高而加大，当温度升高至某一点时，其溶解度突然急剧下降，出现浑浊或沉淀，这种随着温度的升高而突然由澄清变浑浊的现象称为起昙现象（可逆）。开始出现起昙现象的最低温度称为昙点（浊点）。

【考点 5】★★★ 在药剂中的应用

（1）增溶剂（HLB 15～18）　能增加难溶性药物在水中溶解度的表面活性剂叫增溶剂。

（2）乳化剂（HLB 8～16 为 O/W 型乳化剂；HLB 3～8 为 W/O 型乳化剂）　能吸附在油、水两相界面上，降低两相的界面能和界面张力，并在分散相小液滴外围形成保护膜，

这种起稳定作用的物质叫做乳化剂。

（3）润湿剂（HLB 7～9）　能降低液-固两相间的界面能和界面张力，具有润湿作用的表面活性剂叫润湿剂。

（4）去污剂（又称洗涤剂，HLB 13～16）　能帮助去除固体上的污物及油腻的表面活性剂叫去污剂。

（5）发泡剂和消泡剂（前者往往具有较大的 HLB 值；后者 HLB 1～3）　气泡是气体分散在液体中所形成的一种分散系统（即液膜包围着气体）。发泡和消泡是两种相反的操作，在中药药剂生产中，有时需要发泡、有时则需要消泡。

（6）消毒杀菌剂　主要是阳离子型表面活性剂

三、药物的溶解度与增加药物溶解度的方法

【考点1】★　**药物溶解度的概念**　药物的溶解度系指在一定温度（气体在一定压力）下，在一定量溶剂中所溶解药物的最大量（即在一定温度、一定压力及某种溶剂中药物的饱和浓度）。

【考点2】★★★　**增加药物溶解度的方法**

1. 增溶　由于加入表面活性剂使难溶性药物在水中溶解度增加的现象称为增溶（物理作用）。具有增溶作用的表面活性剂称为增溶剂（HLB 15～18）。

（1）增溶原理　表面活性剂只有在水中形成胶团（胶束）时才具有增溶作用。被增溶的药物以不同方式与胶团结合，发挥增溶作用。非极性药物可完全进入胶团核中被增溶；半极性药物其分子的非（弱）极性部分插入胶团的内核中，极

性部分伸入表面活性剂的亲水基团之间；极性药物则完全被吸附在胶团的亲水基团之间。

（2）影响增溶的因素

增溶剂的性质、用量及使用方法：不同的增溶剂有不同的增溶效果，同系物增溶剂中碳链越长，其增溶量越大。增溶剂的最佳用量可通过实验确定。一般正确的增溶操作是：先将增溶剂与被增溶物共研，然后再将水分次加入，边加边搅。

被增溶物性质：被增溶的同系物中，分子量愈大，被增溶量愈小；被增溶物极性愈大，被增溶量愈大。

溶液的 pH 值及电解质的影响：溶液 pH 值增大，有利于弱碱性药物的增溶（因为 pH 值增大，其分子型浓度增大）；溶液 pH 值减小，有利于弱酸性药物的增溶。

电解质能降低增溶剂的 CMC，使增溶剂在较低浓度时即能形成大量胶束而产生增溶作用。另外，电解质还可中和胶束的电荷，增大其内部的有效体积，为药物提供更大空间，从而提高增溶效果。

温度的影响：温度影响胶束的形成及被增溶物和增溶剂本身的溶解度，对离子型表面活性剂，温度上升主要是增加被增溶物在胶束中的溶解度及表面活性剂本身的溶解度。对某些含聚氧乙烯基的非离子型表面活性剂，温度升高会出现起昙现象。

2. 助溶　一些难溶于水的药物由于加入第二种物质而增加其在水中溶解度的现象称为助溶（化学作用）。该第二种物质称为助溶剂。

助溶机理：助溶剂与难溶性药物形成可溶性络合物；形成有机分子复合物；通过复分解反应形成可溶性盐类，从而产生助溶作用。

3. 制成盐类　一些难溶性弱酸、弱碱，可制成盐而增加其在水中的溶解度。

4. 使用潜溶剂　有些药物在混合溶剂中的溶解度要比其在某个单一溶剂中的溶解度大，这种性质称为药物的潜溶性，而具有这种性质的混合溶剂称为潜溶剂。

常用于组成潜溶剂的溶剂有：乙醇、丙二醇、甘油、聚乙二醇 300 或 400、水等。

四、真溶液型液体药剂

【考点1】★ **概念**　真溶液型液体药剂是指药物以（低）分子或离子状态均匀地分散在液体分散媒中所形成的液体药剂。

【考点2】★ **种类**　主要有溶液剂、芳香水剂、甘油剂等。

五、胶体溶液型液体药剂

【考点1】★ **概念**　胶体溶液型液体药剂系指质点大小在 $1\sim100$ nm 范围的分散相（溶质）分散在液体分散介质（溶剂）中所形成的液体药剂。分散介质大多为水，少数为非水溶剂。

【考点2】★★ **种类** 高分子化合物以单分子形式分散于液体分散介质中所形成的溶液称为高分子溶液（亲水性胶体）。多分子聚集体（胶体粒子）分散于液体分散介质中所形成的溶液称为溶胶（疏水性胶体）。

【考点3】★★ **制法**

（1）高分子溶液 一般采用溶解法制备。

高分子化合物在水中的溶解与低分子化合物不同，首先要经过溶胀过程，当刚与水接触时，其分子几乎不进入水中，而是水分子渗入到高分子化合物分子间隙中而使其体积膨胀（有限溶胀）。随着溶胀过程的继续，高分子化合物分子间的引力不断降低，直至完全失去引力，此时，高分子化合物逐渐进入水中变成溶液（无限溶胀）。

（2）溶胶 溶胶制备可采用分散法和凝聚法。前者可通过机械粉碎完成；后者是指用物理、化学方法使原子、分子或离子凝聚成胶体粒子的一种方法。

【考点4】★ **影响胶体溶液稳定性的因素**

（1）影响高分子溶液稳定性的因素 脱水剂、电解质（盐析）。

（2）影响溶胶稳定性的因素 电解质、高分子化合物（保护胶体）、带相反电荷的溶胶。

六、乳浊液型液体药剂

【考点1】★★★ **概念** 乳浊液型液体药剂系指两种互不相溶的液体在乳化剂作用下所制成的非均相分散体系的液体

药剂（简称"乳剂"）。其中一种液体是水或水溶液（统称为"水相"），另一种是与水不相混溶的有机溶液（统称为"油相"）。一种液体以细小的液滴被分散在另一种液体中，被分散的液滴称为"分散相"（又叫做内相或不连续相）；包在液滴外面的另一种液体称为"分散介质"（又叫做外相或连续相）。

▼乳浊液型液体药剂既可内服（如口服乳液），也可外用（如搽剂、洗剂、软膏剂），还可注射（如注射用脂肪乳）。

▼乳浊液的组成：水相、油相、乳化剂（内相、外相、乳化剂；分散相、连续相、乳化剂）。

▼乳浊液的基本类型：水包油（O/W）型、油包水（W/O）型。

【考点2】★★ 常用乳化剂

（1）表面活性剂　包括阴离子型表面活性剂、阳离子型表面活性剂、非离子型表面活性剂。不同 HLB 值的表面活性剂决定着乳剂的类型（见"表面活性剂"一节）。

（2）高分子化合物　主要有阿拉伯胶、明胶、磷脂、胆固醇、西黄蓍胶等。

（3）固体粉末　常用的有氢氧化镁、氢氧化铝、二氧化硅、硅藻土等亲水性固体粉末，可形成 O/W 型乳剂；而氢氧化钙、氢氧化锌、硬脂酸镁等亲油性固体粉末，可形成 W/O 型乳剂。

这些固体粉末能被油、水两相润湿，聚集在两相间，形成机械性保护膜。其乳化作用不受电解质的影响。

【考点3】★★ 制法

(1) 干胶法　本法适合于用阿拉伯胶或阿拉伯胶与西黄蓍胶的混合胶等作为乳化剂的乳剂制备。

先将阿拉伯胶等加入油相中，研磨至有"撕裂"声，加入适量水，研磨成初乳，再加剩余的水将初乳稀释至全量，边加边搅，混匀，即得。

(2) 湿胶法　先将乳化剂加入到少量水中，搅匀，再将全部油加入，边加边搅，用力搅拌使成初乳，加剩余水稀释至全量，搅匀，即得。

(3) 新生皂法　在乳剂制备过程中，当油水两相混合时，在两相界面新生成皂类乳化剂，再搅拌制成乳剂。本法适合于乳膏的制备。

(4) 机械法　将油相、水相、乳化剂混合后，应用乳化机械所提供的强大乳化能而制成乳剂。

【考点4】★ 影响乳剂稳定性的因素

(1) 乳化剂的性质和用量　制备乳剂时应使用乳化能力强的乳化剂（能显著降低两相间界面张力或能形成较牢固的界面膜），以利于乳剂的稳定。

一般乳化剂用量越大，乳剂越容易形成，所制得的乳剂也越稳定。但用量过多往往会造成外相过于黏稠，且不易倾倒，造成浪费。一般用量为所制备乳剂量的 0.5%～10%。

(2) 分散相的浓度与乳滴大小　一般最稳定的乳剂分散相（内相）浓度为 50% 左右，小于 25% 或大于 74% 均易发生转相或破裂等不稳定现象。

乳滴（分散相）越小，乳剂越稳定。乳滴大小不均匀也易引起乳滴间的聚集合并等不稳定现象（小液滴易与大液滴合并，以降低其表面张力和界面能）。

（3）温度与黏度 最适宜的乳化温度为 50～70℃，但贮藏温度以室温为佳（15～25℃）。乳剂的黏度越大越稳定，为此，有时在制备乳剂时会加入适宜的辅助乳化剂，以增加乳剂的黏度，提高其稳定性。

【考点5】★★★ 乳剂的不稳定现象及解决办法

（1）分层 乳剂在放置过程中，有时可见分散相液滴上浮或下沉，这种现象叫"分层"。振摇后往往又能重新均匀分散。

解决办法：

●减小乳滴粒径

●增加连续相的黏度

●降低两相间的密度差

（2）絮凝 乳剂中分散相液滴发生可逆的凝聚现象称为"絮凝"。

解决办法：增加连续相的黏度

（3）转相 一种类型的乳剂变为另一种类型的乳剂，这种现象称为"转相"。

原因：

●乳化剂的性质发生改变（如混合乳化剂的比例改变导致 HLB 值的变化）

●内外相的比例发生改变

解决办法：避免上述不当事件的发生

（4）破裂　乳剂中分散相液滴破裂合并，进而分成油水两相的现象叫"破裂"。这是一种不可逆的不稳定现象，破裂后虽经振摇也不能恢复到原来的分散状态。

原因：

● 过冷过热使乳化剂性质发生改变，失去乳化作用。

● 添加相反类型的乳化剂，改变了两相的界面性质。

● 添加电解质或脱水剂

● 油水两相比例失调

● 溶液的 pH 值改变

● 高速离心

● 微生物污染

解决办法：避免上述不当事件的发生

（5）酸败　乳剂受外界因素（光、热、空气等）及微生物作用，体系中的油或乳化剂发生变质的现象称为"酸败"。

解决办法：通常可以加抗氧剂、防腐剂等加以克服。在贮存过程中，如有必要，可适当采取一些避光、降温等措施。

七、混悬液型液体药剂

【考点1】★★　概念　混悬液型液体药剂系指难溶性固体药物以微粒状态分散于液体分散介质中所形成的非均相的液体药剂（简称"混悬剂"）。

混悬剂中药物微粒一般在 $0.5\sim10\mu m$ 之间；混悬剂的分散介质大多为水。

制成混悬剂的几种情况：

◆难溶性药物要制成液体药剂，只能制成混悬剂。

◆欲使药物达到长效，或为了提高药物的稳定性，可以考虑制成混悬剂。

特别注意：剧毒药不能制成混悬剂（因溶解、吸收剂量不准，很容易引起中毒）。

【考点2】★ 影响混悬液稳定性的因素

混悬液是不稳定体系，其分散相微粒大于胶粒，易受到重力作用而沉降，因而属于动力学不稳定体系。因微粒有较大的界面能，容易聚集，又属于热力学不稳定体系。

(1) 微粒间的排斥力与吸引力　混悬液中的微粒因解离或吸附等原因而带相同电荷，存在着排斥力，但也存在着吸引力（如范德华力等）。要制成稳定的混悬剂，以体系中微粒间的吸引力略大于排斥力，且吸引力又不至太大为最好，此时，可形成疏松的聚集体（呈絮状聚集），微粒间存在液膜，振摇时易分开。

(2) 微粒的沉降　混悬液中微粒与分散介质间存在着密度差，因重力作用，静置过程中会发生沉降。

微粒沉降速度符合斯托克定律：

$$V = [2r^2(\rho_1 - \rho_2)g]/9\eta$$

V—沉降速度；r—微粒半径；ρ_1、ρ_2—分别为微粒和分散介质的密度；g—重力加速度；η—分散介质的黏度

为提高混悬液的动力稳定性，在药剂学中可采取减小微粒半径、增加介质黏度、调节介质密度以降低（$\rho_1 - \rho_2$）值等

方法。

（3）微粒成长与晶型的转变　当混悬液中大小微粒共存时，粒径小的微粒具有较大的溶解度，溶解进介质中的分子或离子又会被大微粒上的同种分子（离子）所吸附，因此，小微粒因溶解而变得愈来愈小，直至全部溶解掉，大微粒则变得愈来愈大，沉降速率逐渐加快，混悬剂的稳定性降低。

在同一药物的多晶型中，亚稳定型溶解度较大，溶解速度较快，在体内吸收较多，生物利用度较高。

亚稳定型在一定时间内，通过溶剂会转变成稳定型，产生结块、沉降等现象，不仅影响混悬剂的稳定性，还会降低药效，可通过增加分散介质黏度或加入附加剂的方法加以克服。

（4）絮凝与反絮凝　因分散度大，表面能大，混悬液中的微粒有相互聚集以降低其表面能的趋势，但由于微粒表面带同种电荷，存在着由吸附层和扩散层组成的双电层结构及ζ电位，阻碍了微粒的聚集。当加入某种电解质，中和微粒表面所带电荷，使扩散层变薄，ζ电位降低，减小了微粒间的斥力，微粒逐渐形成疏松的絮状聚集体，使混悬液处于一种相对稳定的状态。这个过程叫"絮凝"，所加的电解质叫"絮凝剂"。

反之，向絮凝状态的混悬液中加入电解质，使不带电荷的微粒带电，或使扩散层变厚，ζ电位升高，加大了微粒间的斥力，使絮凝状态变为非絮凝状态的过程叫"反絮凝"，所加的电解质叫"反絮凝剂"。

适宜的反絮凝体系也有利于混悬剂的稳定。

（5）分散相的浓度和温度 在同一分散介质中，分散相的浓度增加，混悬液的稳定性降低。温度对混悬液的影响更大，温度变化不仅改变药物的溶解度和溶解速度，还能改变微粒的沉降速度、絮凝速度、沉降容积，从而改变混悬液的稳定性。

一般情况下，温度上升，药物溶解度上升；但温度上升，也能使药物的沉降速率上升（因为药液黏度下降的缘故）。

【考点3】★★ 混悬液的稳定剂 混悬液为不稳定体系，往往需加入另一种物质，使混悬液保持亚稳定状态，所加入的物质称为"稳定剂"。

稳定剂可分为助悬剂、润湿剂、絮凝剂与反絮凝剂等。

（1）助悬剂

作用：①增加混悬液中分散介质的黏度，降低药物微粒的沉降速度；②被药物微粒表面吸附形成机械性或电性的保护膜，防止微粒间相互聚集或结晶的转型，或者使混悬剂具有触变性，从而使混悬剂稳定性增加。

分类：①低分子助悬剂：如甘油、糖浆等；②高分子助悬剂：如阿拉伯胶、西黄蓍胶、琼脂、海藻酸钠等。

（2）润湿剂 其助悬的原理就是降低固-液两相的界面能和界面张力。如甘油、乙醇及表面活性剂。

（3）絮凝剂、反絮凝剂 如枸橼酸盐、酸式枸橼酸盐、酒石酸盐、磷酸盐等。

【考点4】★ 制法

（1）分散法　将固体药物粉碎成微粒，再混悬于分散介质中。

（2）凝聚法　离子或分子状态的药物借助物理或化学方法在分散介质中聚集成微粒（新的固体相）。

第8章 注射剂

需重点了解的知识点：

1. 概念、特点、类别；

2. 热原的概念、性质、来源、除去热原及检查热原的方法；

3. 注射剂的溶剂和附加剂的概念、种类、作用及使用要求（重点：注射用水的制备及渗透压调节剂用量的计算）；

4. 中药注射剂的制备流程及有关工序的操作要点；

5. 大输液、注射用无菌粉末、滴眼液等的基本概念及制备要求。

一、概述

【考点1】★ 概念　注射剂是指不经胃肠道直接注入人体组织或血管的灭菌或无菌制剂，俗称针剂。

【考点2】★★ 特点

优点：

（1）起效迅速，作用可靠。

（2）适用于不能口服的药物，如青霉素、胰岛素等

（3）适用于不能口服的病人，如休克病人、呕吐病人等。

（4）可产生局部定位作用，如局部麻醉等。

缺点：

（1）注射时疼痛，是一种损伤性给药方式，病人的依从性差。

（2）注射给药不方便（一般需到医院进行）。

（3）注射剂不同于内服制剂存在机体的防御组织（如肝脏）屏障及消化系统的缓冲，所以质量要求比其他剂型严格得多。

（4）制备过程比较复杂，技术要求较高。

【考点3】★ 分类

1. 按分散系统分

（1）溶液型注射剂　可用水（油）作为溶剂，适用于在水（油）中溶解并且稳定的药物。

（2）混悬液型注射剂　可用水（油）作为分散介质，适用于在水（油）中不溶的固体药物或者注射后需要延长药效的药物。

（3）乳浊液型注射剂　适用于与水不相混溶的液体药物。

（4）注射用灭菌粉末（粉针）　适用于稳定性较差，制成溶液后易发生水解等反应而变质的药物，制成粉针后，临用前用适当的溶剂溶解或混悬。

2. 按注射部位分

（1）常用　皮下（ih）、肌内（im）、静脉（iv）、皮内

(id)。

(2) 不常用　心内注射、神经鞘内注射、角膜内注射、脊椎腔注射等。

二、热原

【考点1】★ 概念　热原是指微量即能引起恒温动物包括人体体温异常升高的微生物代谢物（包括其尸体）。

大部分细菌、霉菌、酵母菌及病毒都能产生热原，但主要以 G^- 杆菌为主。不同细菌所产生的热原致热作用强弱： G^- 杆菌产生的热原＞ G^+ 杆菌产生的热原＞ G^+ 球菌

G^- 杆菌产生的热原叫内毒素，由磷脂、脂多糖和蛋白质所组成，其中脂多糖是内毒素的主要组成部分，具有特别强的致热活性。

G^+ 菌（杆菌、球菌）产生的热原叫外毒素，由蛋白质组成，致热作用较弱。

【考点2】★★★ 基本性质

(1) 耐热性　通常的灭菌条件（包括热压灭菌）不足以破坏热原。干热情况下，必须达到 $180℃$ ，$3\sim4h$ ；或 $250℃$ ，$30\sim45min$ ；或 $650℃$ ，$1min$ ，热原才能被彻底破坏。

(2) 水溶性和不挥发性　热原能溶于水，热原本身不挥发，但可随水蒸气中的小雾滴夹带而进入蒸馏水中，故生产注射用水的重蒸馏水发生器中应有挡板或隔沫装置才能防止热原的污染。

(3) 滤过性和吸附性　热原体积小，一般在 $1\sim5nm$ 之

间，所以能通过一般的滤器，只有用专门的除菌滤器才能滤除。另外，活性炭、石棉板、纸浆饼等对热原有一定的吸附作用，可以通过吸附，然后滤过除去。

（4）能被强酸、强碱及强氧化剂破坏　热原能被强酸、强碱及强氧化剂破坏，因此，可以用强酸、强碱及清洁液等浸泡玻璃（金属、陶瓷等）滤器、容器、用具等，以杀灭热原。

【考点3】★ 污染途径　同前面已讲过的微生物的污染途径。

【考点4】★★ 除去热原的方法

1. 除去容器、用具上的热原

（1）高温法　250℃，30min，干热灭菌——适用于耐热的容器、用具。

（2）酸碱法　用强酸、强碱或清洁液浸泡——适用于不耐热的容器、用具。

2. 除去药液中的热原

（1）吸附滤过法　此为注射剂生产中最常用的方法之一，先加吸附剂，待吸附完后，再滤过除去。最常用的吸附剂为活性炭。

（2）离子交换法　热原往往含有磷酸基、羧基，解离成阴离子后，能被碱性阴离子交换树脂所吸附。

（3）凝胶滤过法　用凝胶物质作为滤过介质（如葡聚糖凝胶），当溶液流过凝胶时，相对分子质量小的成分（热原）渗入到凝胶颗粒内部而被阻滞，相对分子质量较大的成分沿

凝胶颗粒间隙随溶剂流出。——当药物的相对分子质量大于
热原的相对分子质量时可用此法。

(4) 超滤法 用醋酸纤维素等超滤膜超滤以除去热原。

(5) 反渗透法 用三醋酸纤维素膜或聚酰胺膜通过反渗
透法除去热原。

【考点5】★★★ 检查热原的方法（药典法）

1. 家兔发热试验法 将一定剂量的供试品由静脉注入家
兔体内，在规定时间内观察家兔体温升高与否以及升高度数，
以此来判定供试品中是否含有热原。

优点：能检查各类微生物（包括霉菌、病毒）所产生的
热原。

缺点：①由于动物个体差异很大，有一定的误差。且操作
时间长，很不方便。②不能用于安眠药、放射性药品的检查。

2. 鲎试验法 利用鲎试剂（鲎血液变形细胞溶解物）和
检品中的热原发生凝胶反应来进行观察。此法对内毒素特别
敏感。

优点：①检品少，时间短，灵敏度高（比家兔发热试验
法高 5～10 倍）。②可用于催眠药、放射性药物的检查。

缺点：①对病毒性热原无效。②对 G^- 菌以外的热原不够
灵敏，所以不能完全代替家兔发热试验法。

三、注射剂的溶剂

【考点1】★ 注射用水的概念

◆注射用水：将纯化水经再次蒸馏等处理而得到的水

（又叫重蒸馏水或二次蒸馏水），要作热原检查（不能含热原）。供配制注射剂用。

◆灭菌注射用水：分装在特定的容器中，经灭菌处理而得到的注射用水。作粉针剂的溶剂或注射剂的稀释剂。

◆纯化水：将饮用水经蒸馏、离子交换等处理所得到的去离子水，不作热原检查。常作为普通制剂的溶剂、稀释剂或供洗涤用。

【考点2】★ 注射用水的质量要求　主要有重金属、氯化物、pH值、热原等检查项目和要求。

【考点3】★★ 注射用水的制备

（1）蒸馏法（重蒸馏法）　以纯化水为原料，在蒸馏器中加隔沫装置或挡板，以阻挡水蒸气中的雾滴进入重蒸馏水中，防止热原污染。

（2）反渗透法

原理：借助于一定的压力，迫使溶液中的溶剂组分通过适当的半透膜，而溶质组分被阻留。

特点：

① 除盐、除热原效率高，可以完全达到注射用水的要求。

② 分离过程中不需要加热，没有相的变化，能耗少。

③ 装置体积小，操作简单，出水量高。

④ 要适时监控，防止半透膜破裂。

原水的预处理（纯化水的制备）：

◆离子交换法（去离子水）不能完全去掉热原等有机杂质

常水→阳离子交换树脂→阴离子交换树脂（或通过阳、阴离子交换树脂混合床）→纯水

◆蒸馏法（一次蒸馏）

◆电渗析法　在外加电场作用下，使水中的正负离子发生定向迁移，通过具有选择性和良好导电性的离子交换膜，使水净化的技术。

离子交换法和电渗析法所制得的水只能做纯化水用，不能作注射用水。

【考点4】★　注射用油的概念　许多植物油都可作为注射剂的溶剂，称为注射用油。这些油一般都是在20℃时能流动的脂肪酸脂的混合物，如豆油、麻油、花生油、棉籽油、茶油等。

注射用油适用于不溶于水易溶于油的药物或需要延长药效的药物。

【考点5】★　注射用油的质量要求　包括酸价、碘价、皂化价等。

四、注射剂的附加剂

【考点1】★　概念　注射剂中除药物和溶剂以外，所加入的其他物质统称为注射剂的附加剂。

目的：总的来说，加附加剂的目的都是为了提高注射剂的有效性、安全性、稳定性。

质量要求：附加剂必须无毒，与主药无配伍变化，不影响药物的疗效与含量测定。

【考点2】★★★ 分类

1. 增加药物溶解度的附加剂

（1）增溶剂、助溶剂。

（2）非水溶剂或混合溶剂（潜溶剂）。

（3）酸或碱（使成盐）。

2. 帮助药物混悬或乳化的附加剂　注射用助悬剂或乳化剂

3. 防止药物氧化变色的附加剂

抗氧剂：维生素C、亚硫酸氢钠等。

惰性气体：N_2、CO_2等。

金属离子络合剂：EDTA、枸橼酸等。

4. 抑菌剂（防腐剂）　多剂量注射剂、无菌操作法制备的注射剂常需加入一定量的抑菌剂，而用于静脉或脊髓等特殊部位注射的注射剂或大剂量注射剂一律不得加抑菌剂。

目前，国家有关部门对注射剂中使用抑菌剂（防腐剂）有非常严格的规定，一般不主张或不允许用，如必须要用，则要提供充足的使用理由和依据，并要提供一系列安全性资料。

5. pH值调整剂　原则上应尽可能使注射剂的pH值接近于人体血浆（近中性）。对小剂量注射剂，其pH值一般控制在4～9之间即可，大剂量及特殊部位使用的注射剂应与人体血浆pH值（7.4）相等。

6. 止痛剂　起局部麻醉及止痛作用的附加剂。注射剂尤其是中药注射剂中一般不主张用，因为加了止痛剂很可能会掩盖引起疼痛的质量问题，从而有可能会导致更严重的后果。

如必须要用，则要提供充足的使用理由和依据，并要提供一系列安全性资料。

常用的止痛剂有：苯甲醇、盐酸普鲁卡因、盐酸利多卡因等。

7. 渗透压调节剂 正常人的血浆有一定的渗透压（约为7.4个大气压），渗透压与血浆相等的溶液称为等渗溶液，如0.9％的 NaCl 溶液、5％的葡萄糖溶液等即为等渗溶液。

小剂量注射剂，如果其渗透压相当于 0.45％～2.7％ NaCl 所产生的渗透压，一般不用专门调节渗透压。大剂量注射剂及脊椎腔等特殊部位所用的注射剂一定要调至等渗。

（1）常用的渗透压调节剂 NaCl、葡萄糖。

（2）调节等渗的计算方法

◆冰点下降数据法：血浆的冰点为 $-0.52℃$，任何溶液，只要其冰点降低为 $-0.52℃$，即与血浆等渗。一些药物 1％水溶液的冰点降低数据可通过有关工具书查得，根据这些数据可以计算并配制药物的等渗溶液。

计算公式：$W = (0.52 - a)/b$

W—配成等渗溶液需加渗透压调节剂的百分量（％，g/ml）

a—未经调节的药物溶液的冰点下降度

b—用以调节等渗溶液的渗透压调节剂 1％溶液的冰点下降度

◆氯化钠等渗当量法：氯化钠等渗当量系指 1g 药物（在相同体积溶液中）呈现的等渗效应相当于氯化钠的克数，用 E 表示。

　　一些药物的 E 值可由相关工具书查得，例如硫酸阿托品的 E 值为 0.13，即 1g 硫酸阿托品在相同体积的溶液中能产生与 0.13g 氯化钠相同的渗透压效应。利用 E 值也能计算出配制等渗溶液时所需添加的渗透压调节剂的克数。

　　（3）等渗溶液与等张溶液　等渗溶液是指渗透压与血浆渗透压相等的溶液，是个物理化学概念，但是按这个概念计算并配制出的某些药物的等渗溶液有时仍会发生不同程度的溶血现象，因而又提出了等张溶液的概念。

　　所谓等张溶液是指与红细胞表面张力相等的溶液，红细胞在此溶液中能保持正常的体积和形态，更不会发生溶血，这是一个生物学概念。

五、注射剂的制备

【考点1】★★ 工艺流程

安瓿→洗涤→干燥

注射用溶剂→配液→滤过→灌注→熔封→灭菌（检漏）→

中药提取物、附加剂　　半成品质量检查

质量检查→印字→包装→成品

1. 提取与精制（半成品的制备）

　　（1）提取　煎煮法、回流法、渗漉法等。

　　（2）精制　水提醇沉法（热处理、冷藏，以加速杂质的沉淀）、醇提水沉法、萃取法、酸碱法等。

含有鞣质的注射剂肌内注射后，能使局部组织产生硬结（与蛋白质结合），造成疼痛，甚至会使组织坏死，因此，应除尽注射剂中的鞣质。

目前常用的除鞣质方法有：改良明胶沉淀法、醇溶液调节 pH 值法、聚酰胺吸附法。

2. 配液

为保证注射剂的质量，中药注射剂在配液前，必须首先制成固体状态的半成品，并制定其相应的质量标准，以此符合质量要求的固体状态的半成品投料配液。

浓配法：将原料药物先加入部分溶剂配成浓溶液，加热、溶解、滤过后，再补加溶剂至足量，使其达到规定浓度。

本法适用于原料质量一般的大剂量注射剂的配制。

稀配法：原料药物加入所需的溶剂中，一次性配成所需浓度。

本法适用于原料质量较好的小剂量注射剂的配制。

3. 滤过　滤过前一般应加活性炭，起脱色、助滤、除热原等作用。

滤过步骤：先粗滤（布氏漏斗、滤纸），后精滤（垂熔玻璃漏斗、砂滤棒、超滤等）。中药注射剂中往往有树脂类、黏液质类，可加助滤剂（粗滤）以帮助滤过。

常用助滤剂：纸浆、滑石粉、活性炭（较常用，既助滤，又能脱色和吸附热原）。

4. 灌封（灌注与熔封）

（1）灌注要求　剂量准确，药液不沾瓶口。为了保证使用时剂量的准确，注入安瓿的量应比标示量多 7.5%。多剂量包装的注射剂，每一容器的装量不得超过 10 次注射量。

（2）熔封要求　熔封严密不漏气。顶端圆整、光滑，无尖头或小泡。

5. 灭菌与检漏

（1）灭菌　应根据药物的性质选用适宜的方法进行灭菌，现多用热压灭菌法。

（2）检漏　灭菌后，趁热将安瓿置冷水或有色溶液中，若安瓿内药液体积明显变大，或由无色变成有色，或原来的有色溶液明显变浅，则表示熔封不严密。

【考点2】★★★ 中药注射剂存在的主要质量问题及其原因

1. 澄明度问题（在灭菌后或在贮藏过程中产生浑浊或沉淀）

原因：①杂质未去尽；②药液的 pH 值不合适；③所用的附加剂不合适。

2. 疗效不稳定问题

原因：①原料药材基源有误或质量不佳；②剂量不足；③提取精制方法不规范；④有效成分的溶解度不佳。

3. 刺激性问题

原因：①鞣质未除尽；②有效成分本身有刺激性；③药液 pH 值不当；④药液渗透压不当。

六、输液剂

【考点1】★　概念　输液剂是指由静脉滴注输入体内的大剂量注射剂，俗称"大输液"。一次输入剂量一般为 100ml 至数千毫升。

其质量要求基本同小针剂，但要求更高，表现在：

（1）应调节适宜的 pH 值（与血浆相同）。

（2）应具有适宜的渗透压（与血浆等渗）。

（3）澄明度应符合有关规定。

（4）应无菌、无热原、无毒性。

（5）输液剂中不得添加任何抑菌剂。

【考点2】★ 种类

（1）电解质输液　补充水分和电解质，调节人体酸碱平衡。如 NaCl 输液等。

（2）营养输液　用于不能口服吸收营养的患者。如葡萄糖输液、甘露醇输液、氨基酸输液等。

（3）胶体输液　血浆代用液，系指具有与血浆等渗而无毒性的胶体溶液，静脉注射后能暂时维持血容量和血压。如右旋糖酐输液等。

（4）含药输液　含有各种治疗药物的输液。如丹参输液、苦参碱输液等。

【考点3】★ 制备

1. 原辅料的质量要求

（1）注射用水　新鲜制备，随制随用。

（2）原料、辅料　注射用规格或符合注射用要求。

（3）活性炭　应用针用活性炭（有国家标准）。

2. 容器等包装材料的选择与处理

（1）输液瓶　应选用硬质，中性，耐酸碱，抗腐蚀，耐热，耐高压的玻璃输液瓶。瓶口圆滑，无缺口。

处理方法：

◆酸洗法——用清洁液浸泡，再依次用常水、注射用水、滤过的注射用水冲洗。

优点：洗涤效果好，能洗除残留的金属离子，杀灭微生物，破坏热原，中和玻璃表面的游离碱。缺点：腐蚀性大，操作不便，不易流水作业。

◆碱洗法——用 70℃ 2‰ NaOH 或 1～3‰ Na₂CO₃ 刷洗，洗好后立即依次用常水、注射用水、滤过的注射用水冲洗。

优点：对油脂类洗涤效果好，适合于大生产流水作业。

缺点：洗涤不彻底。

一般选其中一种洗涤方法即可，如果两种方法并用，则先碱洗（洗油脂），后酸洗（洗金属离子）。洗涤顺序是先外洗，后内洗。

（2）橡胶塞　要求有弹性，有柔曲性及足够的化学稳定性，吸附性小。

处理方法（新塞）：碱（0.5‰～1‰ NaOH 或 1～3‰ Na₂CO₃）煮沸 30min（除去硬脂酸、硫化物等）→纯化水洗至中性→1‰HCl 煮沸 30min（除去 ZnO、CaCO₃ 等）→纯化水洗至无 Cl⁻→注射用水煮沸 30min→使用时用滤过的注射用水边冲洗边用

（3）衬垫薄膜（涤纶膜）

处理方法：逐张捻开，用 95‰乙醇或含 0.9‰NaCl 的

85％乙醇浸泡（去掉表面油脂）→注射用水逐张漂洗→注射用水煮沸 30min→使用时用滤过的注射用水边冲洗边用

3. 配液

浓配法：方法同前，适用于质量较差的原料。

稀配法：方法同前，适用于质量较好的原料。

活性炭的使用：用量一般为 0.02％～1％。吸附的温度和时间一般为 50～80℃，20～30min。

活性炭在水溶液中吸附能力最强。

4. 滤过 先粗滤（加活性炭），后精滤（同前），注意除热原。

5. 灌封 灌注药液→盖薄膜→塞胶塞→轧铝盖。

灌注前药液暴露时间不得超过 4～6 小时。

6. 灭菌 115℃，30min，热压灭菌。

7. 质量检查 澄明度、热原等。

七、注射用无菌粉末

【考点 1】★ 概念及质量要求 是指供临用前用适宜的无菌溶剂配制成注射液的无菌粉末或无菌块状物。其质量要求同注射剂，同时还需进行装量差异和不溶性微粒检查。

八、滴眼剂

【考点 1】★ 概念及质量要求 中药经提取、精制而制成的直接用于眼部发挥治疗作用的澄明液体制剂。其质量要求与制备工艺基本同注射剂。

第9章 外用膏剂

> **需重点了解的知识点:**
>
> 1. 概念、特点、类别;
>
> 2. 药物透皮吸收途径及影响透皮吸收的因素;
>
> 3. 每一类外用膏剂的概念、特点、基质或辅料种类、制法。

一、概述

【考点1】★ 概念 外用膏剂系药物与适宜的基质混合以后,采用适宜的工艺制成的专供外用的半固体或近似固体的一类制剂。

【考点2】★★★ 特点 外用膏剂易涂布或粘贴于皮肤、黏膜或创面上,起保护、润滑皮肤和局部治疗作用,有的还可以透过皮肤或黏膜起全身治疗作用。后者亦称"经皮给药系统(TDDS)"或"经皮治疗系统(TTS)",它能避免肝脏的首过效应,防止药物受胃肠道的破坏或对胃肠道的刺激作用,减少血药浓度的峰谷变化。

【考点3】★★ 分类

按基质、形态不同分为两大类：

◆软膏剂 根据基质的不同，又可分为油脂性基质软膏（油膏）、乳剂型基质软膏（乳膏）和水溶性基质软膏。

◆硬膏剂 一类近似于固体的外用剂型。按基质组成不同，可分为铅硬膏剂（膏药）、贴膏剂（橡胶膏剂、凝胶膏剂、贴剂）等。

【考点4】★★ 药物透皮吸收机理、透皮吸收途径及影响透皮吸收的因素

1. 透皮吸收机理 药物透皮吸收过程包括药物释放、穿透、吸收（进入血循环）三个阶段。

释放系指药物从基质中脱离出来并扩散到皮肤或黏膜表面的过程。

穿透系指药物通过表皮进入真皮、皮下组织，对局部组织发挥治疗作用的过程。

吸收系指药物透过皮肤或与黏膜接触后，在组织内通过血管或淋巴管进入体循环而产生全身治疗作用的过程。

2. 透皮吸收途径 药物的透皮吸收，主要有三条途径：

（1）通过表皮吸收（非解离型的脂溶性药物较易通过，解离型的药物难以通过）。

（2）通过毛囊、皮脂腺吸收（非解离型的脂溶性药物易通过）。

（3）通过汗腺吸收（大分子药物和解离型的离子型药物可通过该通道被吸收）。

3. 影响透皮吸收的因素

（1）皮肤条件

① 人体不同的使用部位——人体使用部位不同，表皮各层的厚度不同，毛孔的多少不同，药物吸收也不同。

② 皮肤的洁净程度——皮肤洁净后易吸收。

③ 皮肤的温度、湿度——温度高时皮脂黏度降低，局部血液循环加快，有利于药物的吸收。皮肤在潮湿情况下，有利于药物的吸收。

④ 病变皮肤的影响——病变皮肤有时能加快、加大药物的吸收（如湿疹、溃疡、烧伤等）。有时却降低药物的吸收（如牛皮癣、硬皮病等，皮肤角质层变得致密、硬化，不利于药物的吸收）。

（2）药物性质

① 药物在油/水中的分配系数对透皮吸收有重要影响。既有一定脂溶性又有一定水溶性的药物（分子同时具有极性基团和非极性基团）更易穿透皮肤。

② 药物的分子量小易在皮肤中扩散。经皮给药适宜选用分子量小，药理作用强的小剂量药物。

（3）基质性质

① 基质的种类。不同软膏基质中药物释放、吸收速度一般为：O/W 型乳剂基质＞W/O 型乳剂基质＞水溶性基质＞动物油脂基质＞植物油类基质＞烃类基质。

② 透皮吸收促进剂的应用。在基质中加入适量的透皮吸收促进剂，如月桂氮䓬酮、DMSO、表面活性剂等能促进药物

的透皮吸收。

③ 基质的 pH 值。基质的 pH 值直接影响弱酸性或弱碱性药物的离子化程度，从而影响其透皮吸收。

④ 基质对药物的亲和力越大，药物难以从基质中释放出来，不利于药物的吸收。

二、软膏剂

【考点1】★ 概念　系指将药物加入适宜的基质中，制成易涂布于皮肤、黏膜或创面的半固体外用制剂。软膏剂多用于慢性皮肤病，具有保护创面、润滑皮肤及局部治疗作用，有时也可发挥全身治疗作用。

【考点2】★★ 基质　软膏剂中的基质不仅是软膏剂的赋形剂，同时它对药物的释放与吸收有着重要的影响。

1. 基质的质量要求　理想的基质应符合下列要求：

（1）具有适宜的稠度、黏着性和涂展性，无刺激性、过敏性。

（2）能与药物的水溶液、油溶液或固体粉末相互混合，并能吸收人体分泌液。

（3）能作为药物的良好载体，有利于药物的释放与吸收。不与药物发生配伍禁忌，久贮稳定。

（4）不妨碍皮肤的正常功能与伤口的愈合。

（5）易洗除，不污染衣物。

2. 基质的种类

（1）油脂性基质　此类基质包括油脂类、类脂类、烃类等。

优点：●润滑、无刺激性。可软化、保护皮肤。

　　　　●不易霉变。

　　　　●能与大多数药物配伍。

缺点：●吸水性差，与人体分泌液不易混合。

　　　　●油腻性大，不易洗除。

油脂类：化学组成为高级脂肪酸的甘油酯。包括动物油脂、植物油、氢化植物油等。

类脂类：高级脂肪酸与高级脂肪醇化合而成的酯类。有一定的吸水性，与皮脂的组成接近，有利于药物的渗透。主要品种有羊毛脂、蜂蜡、鲸蜡等。

烃类：石油分馏后得到的各种烃的混合物。性质极其稳定，涂展性好，但吸水性差，不易洗除。如凡士林、石蜡、地蜡等。

（羊毛脂与凡士林合用是油脂性基质中常用的组合，二者可取长补短）

（2）乳剂型基质　用油相、水相物质借乳化剂的作用而制成的乳剂型半固体基质，可分为 O/W 型和 W/O 型两类。

常用的油相物质有：硬脂酸、蜂蜡、石蜡、植物油等。

常用的乳化剂有：阴离子型表面活性剂、非离子表面活性剂等。

（3）水溶性基质　如聚乙二醇类、纤维素衍生物、甘油明胶等。

【考点3】★★ 制法

（1）研合法 药物与基质混合，研匀。凡基质在常温下通过研磨即能与药物均匀混合或药物不能受热者可用此法。

本法适用于：①油脂性半固体基质（能与药物直接研匀）。②药物不溶于基质（通过研合使药物分散均匀）。③不耐热的药物。④少量软膏的制备。

（2）熔合法（热熔法） 基质先加热熔化，再加药物，研匀或搅匀，冷凝，即得。

本法适用于：①一些药材或饮片需用基质加热作为溶剂浸提其有效成分者。②含有不同熔点的基质，常温下不能均匀混合。③药物耐热且可溶于基质。

（3）乳化法 先制得乳剂型基质，再将药物以不同方式加入到基质中，混匀，即得。

本法适用于：各种性质的药物。脂溶性药物加入油相中，水溶性药物加入水相中，油水均不溶的固体粉末类药物则直接加入制好的乳剂基质中。

【考点4】★ 眼膏剂 眼膏剂是供眼部使用的无菌软膏剂，其制法与一般软膏剂基本相同，但因其属无菌制剂，故其所用基质、药物、用具及包装材料等均应严格灭菌，且在洁净、无菌条件下生产。

三、膏药

【考点1】★ 概念 膏药系指将中药、食用植物油与红丹（又名黄丹、铅丹）或宫粉（又名铅粉）等经高温炼制而成的膏料，摊涂于裱背材料上供完整皮肤贴敷的外用制剂。前者称黑膏药，后者称白膏药。其基质的主要成分为高级脂肪酸的铅盐。

【考点2】★ 制法（黑膏药）

（1）原辅料的处理

植物油：以麻油为最好，其优点是质地纯，熬炼时泡沫少，有利于操作，制成的膏药色泽光亮，气香，性黏，质量佳。

红丹（又名黄丹、铅丹）：桔黄色粉末，质地重。其主要成分为四氧化三铅（Pb_3O_4），纯度要求在95％以上。本品如含水分时易聚集成颗粒或块状，下丹时易沉于锅底，不易与油充分接触反应，且水入油锅也易造成溅油。因此，在使用前应在铁锅中炒干，并研成80～100目细粉后使用。

一般药物：置油中煎炸（炸枯）

细料药：粉碎成细粉，于摊涂时加入熔融的基质中，混匀。

挥发性药物（如冰片、麝香等）：研成细粉，加入适当降温但仍呈熔融状态的基质中，混匀，或直接撒于已摊涂好的膏药面上。

（2）制备工艺

工艺流程：药物提取（煎炸）→炼油→下丹→去火毒→摊涂→质检→包装

四、贴膏剂

【考点1】★ 概念 贴膏剂是指中药提取物、中药细粉或

/和化学药与适宜的基质和基材制成的供皮肤贴敷，可产生局部或全身性治疗作用的一类片状外用制剂。包括橡胶膏剂、凝胶膏剂（巴布膏剂）、贴剂等。

【考点 2】★ **橡胶膏剂、凝胶膏剂、贴剂（尤其是橡胶膏剂）的概念、特点、组成及相关辅料所起的作用**

第10章 栓 剂

需重点了解的知识点：

1. 概念、特点。

2. 直肠给药药物吸收途径及影响吸收的因素。

3. 基质的质量要求、种类。

4. 制法。

5. 置换价的概念、计算方法。

【考点1】★ **概念** 栓剂是指药物与适宜的基质混合后制成的，具有一定形状，专供腔道给药的固体制剂。药物可溶解、乳化或混悬于基质中。有肛门栓、阴道栓、鼻腔栓、尿道栓等。

【考点2】★★★ **特点**

（1）药物不受胃肠道 pH 值或酶的破坏而失去活性。

（2）可避免刺激性药物对胃肠道黏膜的刺激。

（3）可部分避免肝脏的首过效应，并可减少药物对肝脏的毒副作用。

（4）直肠吸收比口服吸收影响因素少。

（5）便于不能或不愿吞服药物的患者使用。

（6）可发挥全身或局部治疗作用。

（7）不足之处是使用不便。

【考点 3】★★ 直肠给药药物吸收途径及影响药物吸收的因素

1. 药物吸收途径

■直肠上静脉→门静脉→肝脏→全身（约 30%～50%，栓剂距肛门 6cm 处）

■直肠下静脉及肛门静脉→髂内静脉→下腔静脉→全身（约 50%～70%，栓剂距肛门 2cm 处）

■直肠淋巴系统吸收

2. 影响药物吸收的因素

（1）生理因素

■直肠处是否有粪便将影响药物扩散及药物与吸收黏膜的接触，空直肠吸收效果好于有粪便的直肠。

■栓剂纳入直肠的深度影响药物的吸收

■直肠黏膜的 pH 值对药物的吸收起重要作用，一般直肠黏液的 pH 值为 7.4，且无缓冲能力。在环境 pH 值下，药物不解离，吸收好；解离，吸收差。

（2）基质因素

栓剂纳入腔道后，首先必须使药物从基质中释放出来并溶解在分泌液中，才能穿过生物膜被吸收。但由于基质性质不同，释药速度也不同。一般来讲，药物从基质中释放速度：O/W 型乳剂基质＞水溶性基质＞油脂性基质。

（3）药物因素

■在人体分泌液中的溶解度：溶解度大的药物，吸收好；溶解度小的药物，吸收差。

■粒度：对一些难溶性药物而言，粒度越小，其比表面积越大，吸收越快。

■脂溶性与解离度：当药物接触肠壁时，脂溶性药物吸收好。非解离型的药物比解离型的药物吸收好。

【考点4】★★ 基质

1. 质量要求

（1）基质在体外（室温下）要有一定的硬度，在体内（37℃左右）易软化、熔化或溶解。

（2）基质不应与药物发生反应，不影响药物的吸收及含量测定，对黏膜无刺激性。

（3）对于起局部治疗作用的栓剂基质释药应缓慢，起全身治疗作用的栓剂基质释药应迅速。

（4）熔点与凝固点较近，具有一定的润湿或乳化能力，能吸收水分或与水分相混合。

2. 常用基质

（1）油脂性基质

① 天然油脂：如可可豆脂、香果脂、乌桕脂等。

② 半合成或全合成脂肪酸甘油酯：如半合成椰子油酯、全合成混合脂肪酸酯等。

③ 氢化植物油类：如氢化棉籽油、氢化椰子油等。

（2）水溶性基质

① 甘油明胶：本品系用明胶、甘油及水按一定比例混合制成的基质，三者比例不同，所制基质的软硬度也不同。

② 混合聚乙二醇类（PEG）

栓剂中除药物、基质外，有时还需加入一些附加剂，如吸收促进剂、抗氧剂、增塑剂、防腐剂等。

【考点5】★ 制法　一般有搓捏法、冷压法及热熔法三种。

（1）搓捏法　药物＋基质→混匀（可塑团块）→置瓷板上，用保鲜膜包裹后搓揉，使成圆柱体→分剂量→捏成适宜的形状

本法适用于油脂性基质栓剂的少量制备。

（2）冷压法　药物＋基质→研匀→冷却→制成粉粒→置制栓机中→压制成所需要的形状

本法适用于油脂性基质栓剂的大量生产。

（3）热熔法　药物加入已熔化的基质中→注入栓模→冷凝→切去多余部分→脱模

本法适用于油脂性或水溶性基质栓剂，既可少量制备，也可大量生产。

本法在注模前栓模上需涂润滑剂，以便于脱模（油脂性基质涂水溶性润滑剂，水溶性基质涂油脂性润滑剂）。

【考点6】★★★　置换价

（1）概念　系指药物重量与同体积基质重量的比值。置换价在栓剂生产中对保证投料的准确性有重要意义。

(2) 置换价的计算

$$f = W/[G-(M-W)]$$

f—置换价；G—纯基质栓每粒平均重；M—含药栓每粒平均重；W—含药栓中每粒平均含药量；$(M-W)$—含药栓中基质的重量；$[G-(M-W)]$—空白栓与含药栓两种栓剂中基质的重量之差（即与药物同体积的基质重量）

由上式可得，每粒含药栓剂所需基质的理论用量为：

$$X = M-W = G-W/f$$

第11章 胶囊剂

> **需重点了解的知识点:**
>
> 1. 概念、特点、类别。
>
> 2. 硬胶囊囊壳及软胶囊囊皮的组成,硬胶囊囊号。
>
> 3. 制法。

一、概述

【考点1】★ 概念 将药物装在硬胶囊壳或软胶囊皮中所制成的固体制剂。包括硬胶囊剂、软胶囊剂(胶丸),其中各自又可分为普通胶囊、缓释胶囊、控释胶囊、肠溶胶囊等。

硬胶囊剂主要装填粉末状、细小颗粒状、微丸类药物。

软胶囊剂主要装填半固体状、油状液体类药物。

【考点2】★★ 特点

优点:

① 可掩盖药物的不良嗅味,便于服用。

② 崩解时限与溶出速率比片剂、丸剂快。

③ 能提高药物的稳定性。

④ 可以获得速效、长效及定位释放制剂。

缺点：

① 药物的水溶液或稀乙醇溶液不能制成胶囊剂。因为水溶液、稀乙醇溶液能溶解胶囊壳或胶囊皮。

② 易溶于水且刺激性大的药物不能制成胶囊剂，否则胶囊剂在胃中崩解后，因局部药物浓度过高而对胃黏膜产生强烈的刺激作用。

③ 易风化（失水）或易潮解（吸水）的药物不能制成硬胶囊剂，前者可使囊壳软化，后者可使囊壳脆裂。

二、硬胶囊剂

【考点1】★ **囊壳的组成** 硬胶囊囊壳主要由明胶（有A型、B型等规格）、增塑剂、遮光剂、着色剂等组成。

【考点2】★★ **囊壳的规格** 000、00、0、1、2、3、4、5号（共8种规格）。号码数越大，容积越小（5号最小）。

【考点3】★ **药物的处理** 一般均要加辅料制成适宜的颗粒或微丸进行装填，必要时还需加润滑剂和助流剂，其主要目的是增加物料的流动性、减小吸湿性。少数流动性好、吸湿性小的物料可直接用粉末装填。

几种常见药物的处理：

◆剂量小的药物（如毒剧药）及贵细药 直接粉碎后用适宜的稀释剂稀释，制粒，装填。

◆剂量大的药物 可部分或全部提取、分离、精制后，用适宜方法制粒，装填。

◆**挥发油或挥发性成分** 应先用吸收剂吸收（或包结）后，在装填前加入到其他粉末或颗粒中，混匀，装填。

囊帽与囊体的套合方式有平口与锁口两种，如使用平口胶囊，为防药物泄漏或避免外界因素对药物的影响，常需进行封口处理。

三、软胶囊剂

【考点1】★ **囊皮的组成** 软胶囊囊皮也是由明胶、增塑剂、防腐剂、遮光剂、着色剂等组成的。

【考点2】★ **对充填药物的要求** 软胶囊囊皮内可充填各种油类或对明胶无溶解作用的液体药物（包括药物溶液或混悬液），也可充填半固体药物，甚至还可充填固体粉末或颗粒。

【考点3】★ **制法**

（1）压制法 又称模压法（有缝胶丸）

将以明胶为主的软质囊材制成厚薄均匀的胶片，药液置于两胶片之间，用钢板模或旋转模压制而成，模的形状可为椭球形、球形或其他形状（决定成品的形状）。

小量生产时，用压丸模手工压制。

大量生产时，常采用自动旋转轧囊机。

（2）滴制法（无缝胶丸）

囊材胶液和药物油溶液为互不相溶的两相，由滴制机喷头使两相按不同速度喷出，一定量的胶液将定量的油状液滴包裹后，滴入另一种不相混溶的液体冷却剂中，胶液接触冷却剂后，由于表面张力作用而形成圆球，并逐渐凝固成软胶囊。

生产中采用滴制机制备。

第12章 丸剂

需重点了解的知识点：

1. 概念、特点、类别。

2. 泛制法、塑制法和滴制法的操作步骤、注意事项及代表品种。

3. 蜜丸制备中所用蜂蜜的炼制目的、等级及适用对象。

4. 蜡丸、糊丸、浓缩丸的概念、特点。

一、概述

【考点1】★ **概念** 丸剂系指中药细粉或提取物与赋形剂混合制成的球形或类球形固体制剂。

【考点2】★★ **特点**

(1) 可掩盖药物的不良嗅味，提高药物的稳定性（有特殊气味或挥发性药物，可泛于丸子中层）。

(2) 制备时能容纳固体、半固体药物，还可以加入液体组分，如药汁、胆汁等。

（3）在消化道中溶散缓慢，吸收缓慢，作用持久，故多用于一些慢性病。对于一些毒剧药物、刺激性药物，制成丸剂后，可延缓吸收，减少不良反应。新型丸剂如滴丸，药物的释放、吸收较快，可用于急症。

（4）服用剂量大，服用不方便，病人的依从性较差。

（5）水丸等丸剂溶散时限不稳定。

（6）由于大多以原粉入药，故微生物易超标。

【考点3】★★ 分类

（1）按赋形剂不同，可分为水丸、蜜丸、水蜜丸、糊丸、蜡丸等。

（2）按制备方法不同，可分为泛制丸、塑制丸、滴制丸等。

●**泛制丸** 药物细粉与液体赋形剂交替加在"模子"上，在不断滚动中逐渐加大而成的丸子。如水丸、水蜜丸等。

●**塑制丸** 药物细粉与赋形剂混合制成可塑性丸块（软材），然后搓条、分割，再滚转成圆球状的丸子。如蜜丸、糊丸等。此法目前在大生产中较常用。

●**滴制丸** 药物溶解、乳化或混悬在熔融的基质中，然后滴入另一种与基质不相混溶的冷却剂中，冷凝而成的丸子。

二、水丸

【考点1】★ 概念 水丸系指中药细粉以水或水性液体（如黄酒、醋、药汁等）为黏合剂，用泛制法制成的丸剂。

【考点2】★ 对药粉的要求

起模、盖面用的药粉应为最细粉，黏性适中。太黏，撒不开；黏性不足，成不了"模子"。泛制过程中所用的药粉应为细粉或最细粉，且均匀细腻。如果药粉太细，则微密度太高，所制丸子坚硬；如果药粉太粗，则不易成丸，即使成丸，所制丸子质地较松。

【考点3】★★★ 制法（泛制法）

工艺流程：原料的准备（粉碎、过筛、混合）→起模→成型→盖面→干燥→选丸→质检→包装

（1）起模　制备丸剂基本母核的操作（"母核"又称"模子"、"母子"、"丸模"等）。

手工起模　药匾

机器起模　泛丸锅（包衣锅）

起模方法：

●药粉直接起模——在泛丸锅（或药匾）中喷入少量水，撒入起模用的少量药粉，转动锅（或匾），将附着于壁上的粉粒刷下，继续转动，然后，一次清水，一次药粉，加至所需要的大小，筛取1～2号筛的丸粒，即为丸模。

●湿颗粒起模——将药粉加适量水，制成软材，挤压法过2号筛，取颗粒置泛丸锅（或药匾）中，不断转动、滚撞、摩擦，至成圆球形，取出过筛，分等，即得丸模。

（2）成型　将丸模不断加大的过程。经过筛选的丸模，在不断滚动中，一层清水（或其他水性液体），一层药粉，加大到所需要的大小。

成型过程中的注意事项：

●洒水量以恰能使全部丸粒润湿为度。上粉量以恰能使

全部药粉黏着在丸粒上为度。

●滚动时间应以丸粒坚实致密而又不影响溶散为度。

●芳香性或有特殊异味的药物应分别粉碎后泛于丸粒的中层。

●成型后，需过筛，除去过小和过大的丸子，留下正常的丸子。

（3）盖面　将丸粒用中药细粉或清水等继续泛制，以使丸粒大小均匀、色泽一致、表面光洁致密。

常用的盖面方法有：干粉盖面、清水盖面、清浆盖面。

（4）干燥　泛制丸含水量大，易发霉，应及时干燥。干燥温度为80℃左右。

（5）选丸　泛丸过程中，往往会出现大小不均或畸形的丸粒，必须经过筛选，以求大小均匀，外观圆整。

三、蜜丸

【考点1】★　概念　蜜丸是指中药细粉以炼蜜为黏合剂而制成的丸剂。包括大蜜丸（每丸0.5g及以上者）、小蜜丸（每丸0.5g以下者）。

【考点2】★★　蜂蜜的选择与处理　蜜源不同，蜂蜜的质量也不同，应选用正品合格的蜂蜜（符合《中国药典》要求）。

制备蜜丸所用的蜂蜜均要炼制。

炼制目的：除去杂质，破坏酶类，杀死微生物，减少水分，提高黏性。

炼制方法：生蜜＋少量水→常压或减压煮沸→去除泡沫，

滤过→炼至规定程度

炼蜜规格：

等级	相对密度	加热温度	色泽	含水量	黏性
嫩蜜	1.35	105~115℃	无明显变化	17%~20%	+
中蜜	1.37	116~118℃	淡黄色	14%~16%	++
老蜜	1.40	119~122℃	红棕色	10%以下	+++

适用范围：

嫩蜜　含较多油脂、黏液质、糖分及动物组织的药粉。

中蜜（又称炼蜜）　含中等纤维、适量糖分的药粉。

老蜜　含较多纤维及矿物类药粉。

【考点3】★★★ 制法（塑制法）

工艺流程：物料准备→制丸块→制丸条→分粒→搓圆→干燥→整丸→质检→包装

（1）制丸块（和药、合坨）　将已混匀的药粉加入一定比例的炼蜜，充分混匀，制成软硬适宜，可塑性好的丸块。

影响丸块质量的主要因素：药材性质、蜂蜜炼制程度、用蜜量、和药时下蜜的温度。

① 药材纤维性强或矿物类药材、贝壳类药材较多时，用老蜜，用量150%~200%，下蜜时温度为90~120℃。

② 粉性及含有部分糖分、油脂的药材较多时，用中蜜，用量100%，下蜜温度70~80℃。

③ 黏性大的树脂类、胶类、动物类药材较多时，用嫩蜜，用量50%，下蜜温度50~60℃。

④ 含有芳香挥发性药材时，应用温蜜。

（2）制丸条、分粒与滚（搓）圆　制好的丸块通过手工搓或机器挤制成丸条，丸条应粗细均匀，外面光滑无裂缝，里面充实无空隙。根据每丸重量，将丸条切割成一定大小的丸粒，再将丸粒搓圆（手工）或滚圆（电动）。

（3）干燥　制好的蜜丸也应及时干燥，以除去其中少量的水分，防止霉变。干燥的温度不宜太高，可采用微波干燥或远红外辐射干燥。

（4）整丸　目的及操作同水丸中的"选丸"。

附：水蜜丸

（1）概念　中药细粉以蜂蜜和水（蜜水）为黏合剂所制成的丸剂。

（2）特点　丸粒小，光滑圆整，易于吞服。

（3）蜜水　中蜜＋适量水→搅匀，煮沸。

（4）制法　泛制法或塑制法（泛制法应用清水起模，用蜜水加大，制成后需干燥。）

四、滴丸

【考点1】★　概念　将药物溶解、乳化或混悬在熔融的基质中，滴入另一种不相混溶的液体冷却剂中凝固而成的丸剂。

【考点2】★　特点

（1）生产设备简单，生产周期短，自动化程度高。

（2）重量差异小，剂量准确。

（3）可提高难溶性药物的生物利用度，并可使液体药物固体化。

（4）选用不同的基质，可制成速效、长效制剂。

（5）载药量小，服药剂量大，对中药的提取、纯化工艺要求高。

【考点 3】★★ 基质和冷却剂

（1）基质

质量要求：①不与药物发生作用，也不妨碍药物的吸收；②熔点低或能溶解在少量热水中，但遇骤冷又能凝成固体；③对人体无害。

常用基质：

水溶性基质——聚乙二醇（PEG）4000、6000、硬脂酸钠、甘油明胶等。

脂溶性基质——硬脂酸、单硬脂酸甘油酯、虫蜡、蜂蜡、氢化植物油等。

（2）冷却剂

质量要求：①对药物、基质都不溶解，且不起化学反应。②与药物液滴密度相近，但不能相等，使液滴在冷却剂中能缓缓下沉或上浮，以便充分凝固，丸形圆整。③有适当的黏度，使液滴与冷却剂间的黏附力小于液滴内聚力而能收缩凝固成丸。

常用冷却剂：

水溶性基质用脂溶性冷却剂——煤油、液状石蜡、植物油、甲基硅油等。

脂溶性基质用水溶性冷却剂——水、乙醇等。

【考点4】★★★ **制法（滴制法）**

工艺流程：药物溶解、混悬或乳化在已熔融的基质中（保持 80～100℃的恒温）→用一定大小的滴头滴入冷却剂中→经冷凝的丸粒徐徐沉于容器底部或浮于冷却剂表面→洗去冷却剂→干燥

【考点5】★ **影响丸重与丸形的因素**

（1）影响丸重的因素

滴管口径与丸重：在一定范围内，管径大，丸重大，反之则小。

温度与丸重：在滴速恒定时，药液温度高，则黏度小，表面张力小，丸滴小，丸轻。

滴距与丸重：滴距过大易使液滴破碎，从而影响丸重的一致性。

（2）影响丸形的因素

冷却剂的相对密度和黏度：调节冷却剂的相对密度和黏度，使液滴在冷却剂中缓缓移动，逐渐冷却（有个揉搓过程）。

冷却方式：最好能梯度冷却（液滴刚接触到冷却剂不能马上就固化），使滴丸逐渐完成冷却、收缩、凝固过程。

液滴大小：液滴大小与其比表面积成反比，液滴愈小，其比表面积愈大，收缩力愈强，愈易成圆球形。

五、蜡丸、糊丸、浓缩丸

【考点1】★ 以上三种丸剂的概念、特点

六、丸剂的包衣

【考点 1】★ 包衣目的

◆提高丸剂中药物的稳定性。

◆减少药物对胃肠道的刺激性。

◆控制丸剂的溶散时限。

◆改善外观，便于识别。

【考点 2】★ 包衣种类

◆药物衣：包衣材料是丸剂处方中的药物粉末。

◆保护衣：如糖衣、薄膜衣等。

◆肠溶衣：使丸剂口服后到肠段溶散。

第13章 颗粒剂

需重点了解的知识点：

1. 概念、特点、类别。

2. 制法。

【考点1】★ 概念 中药颗粒剂是指中药提取物或/和中药细粉与适宜的辅料混合以后所制成的干燥颗粒状制剂（少数为块状）。用时加开水冲服，有时也可吞服。

【考点2】★ 特点

优点：

（1）兼具固体制剂和液体制剂的优点，服用、贮藏、运输方便，起效迅速。

（2）剂量小，口感好，病人的依从性好。

（3）制备工艺比较简单。

缺点：容易吸潮，必须密闭包装贮存。

【考点3】★ 分类

（1）按溶解性能分

◆可溶性颗粒剂 水溶性颗粒、醇（酒）溶性颗粒。

◆混悬性颗粒剂 加开水搅拌后，呈混悬状。

◆泡腾性颗粒剂 这类颗粒剂中含有枸橼酸或酒石酸与碳酸氢钠等泡腾崩解剂，遇水时产生二氧化碳气体，呈泡腾状。泡腾性颗粒剂又可分为可溶性颗粒与混悬性颗粒。

（2）按形状分

◆颗粒状颗粒剂。

◆块状颗粒剂。

【考点4】★ 制法

工艺流程：提取→精制→制粒→干燥→整粒→包装

（1）提取、精制

由于不同的中药含有效成分种类不同及对颗粒剂溶化性的要求不同，可根据情况采用不同的溶剂和方法进行提取，大多数颗粒剂一般采用水提法。为了减少颗粒剂的服用剂量，降低其引湿性，得到提取液后，往往还需进一步精制处理，通常都是采用水提醇沉法精制。

（2）制粒

辅料：

矫味剂（有的兼具吸湿作用）——糖粉（蔗糖）、甜菊苷、阿斯巴甜等。

稀释剂——糊精（应选用高溶性糊精）、中药细粉（混悬性颗粒剂常用中药细粉作稀释剂，尤其是处方中的贵细药）。

泡腾崩解剂——枸橼酸或酒石酸、碳酸氢钠

制粒方法（一般采用湿法制粒）：

◆稠浸膏制粒 糖粉3～4份＋糊精1份＋稠膏1份→制

成软材（用50％～70％乙醇调节润湿度）→挤出法制粒（10～12目）。

◆稠浸膏与部分中药细粉混合制粒　将部分中药粉碎成细粉（往往是贵细药或粉性强的药），加入适量糖粉，混匀，再加入稠浸膏→制软材→制颗粒（10～12目）。

◆干浸膏制粒　将干浸膏粉碎成细粉，加适量糖粉与糊精，用一定浓度的乙醇为润湿剂→制软材→制颗粒（10～12目）；或将稠浸膏加适量糊精及糖粉，混匀，制得块状物，于60～70℃干燥，直接粉碎成一定大小的颗粒；或将干浸膏粉碎成细粉，加适量糖粉与糊精，流化制粒。此法称为一步制粒法，省工、省时，且颗粒大小均匀一致。

（3）干燥　湿粒制成后，应迅速干燥，放置过久，湿粒易黏结成块或变形。干燥的温度一般以60～80℃为宜。

（4）整粒　是指用与制粒时相同筛号的筛子或比制粒时稍细一点的筛子将干颗粒重新过筛一次，将粘结成疏松块状物的颗粒重新分开，并剔除过分粗大的颗粒或硬块，同时，用60目左右的筛子筛去其中的细粉，使颗粒外观均匀一致（筛下的细粉可置下一批重新制粒）。

第14章 片 剂

需重点了解的知识点：

1. 概念、特点、类别。

2. 片剂赋形剂的类别、作用、代表品种。

3. 制法（制颗粒的目的）。

4. 压片过程中常见的问题、原因及措施。

5. 包衣的概念、目的、类别、主要物料。

一、概述

【考点 1】★ 概念 中药片剂系指中药提取物、中药提取物和中药细粉或中药细粉与适宜的辅料混匀压制而成的圆片状或异形片状的制剂。

【考点 2】★★ 特点

优点：

① 剂量准确。

② 质量稳定。

③ 服用、运输、携带方便。

④ 产量大，生产成本低。

缺点：

① 儿童或昏迷病人不易吞服。

② 呕吐病人不易吞服。

③ 久贮后，崩解迟缓。

④ 含挥发性成分的片剂久贮后其含量可能下降。

【考点3】★ 分类

（1）按给药途径结合制备工艺与临床作用分为：

▲口服片剂　普通压制片、包衣片、咀嚼片、泡腾片、分散片、多层片、长效片等。

▲口腔用片剂　口含片、舌下片、口腔贴片等。

▲外用片剂　阴道用片、外用溶液片等。

（2）中药片剂的分类

中药片剂按其原料特性可分为：

▲提纯片　处方中饮片经提取、纯化，得到单体或有效部位，以此提纯物作为原料，加适宜的辅料所制成的片剂。

▲全粉末片、全浸膏片、半浸膏片。

二、片剂的赋形剂

【考点1】★ 概念　赋形剂是指除药物以外的其他一切附加物料的总称，亦称辅料。片剂的赋形剂按其用途一般包括稀释剂、吸收剂、润湿剂、黏合剂、崩解剂和润滑剂。

【考点2】★★★ 分类

（1）稀释剂（稀释剂和吸收剂统称为填充剂）

凡主药剂量＜0.1g，或中药浸膏量大，黏性太强，此时需加入稀释剂进行稀释，以便于制片。稀释剂有时也可起吸收剂的作用。常用的稀释剂：淀粉、糊精、糖粉、乳糖等。

（2）吸收剂

处方中有油类药物（如挥发油）、液体或半固体药物（如流浸膏、稠浸膏）时，需加适量的吸收剂吸收后，再加入到其他药物中进行制片。常用的吸收剂：磷酸氢钙、碳酸镁、碳酸钙、氧化镁等。

（3）润湿剂

药物本身具有潜在的黏性，加入适当的液体（不具有黏性），使粉粒润湿，呈现黏性，便于制粒、压片，这种液体称为润湿剂。常用的润湿剂：水、乙醇。

（4）黏合剂

药物本身没有潜在黏性或黏性不足，需另加黏合剂制粒、压片，所加的这种物质叫黏合剂。黏合剂可以是液体或固体粉末（干燥黏合剂），液体的黏合作用强，容易混匀；固体粉末的黏合作用弱，但固体粉末兼有稀释剂的作用。常用的黏合剂：淀粉浆、糖浆、各种胶浆、糊精、微晶纤维素等。

（5）崩解剂

崩解剂是指为使片剂吞服后在胃中立即崩解，以迅速发挥疗效，在制片时加入的辅料。除口含片、舌下片、贴片、植入片、长效片、咀嚼片等外，一般片剂均需加入崩解剂。

常用的崩解剂：干燥淀粉、羧甲基淀粉、泡腾崩解剂（枸橼酸或酒石酸与 $NaHCO_3$）等。

◆崩解作用机理

膨胀作用——常用的崩解剂如干燥淀粉，为亲水性物质，吸水后体积急剧膨胀而引起崩解。

产气作用——泡腾崩解剂遇水产生气体，借气体的膨胀作用而使片剂崩解。

毛细管与润湿作用——崩解剂在压片时形成了无数孔隙和毛细管，此孔隙和毛细管有强烈的吸水性，接触到水分后，水分子能迅速进入片剂中，将片剂全部润湿而崩解。

◆用法

内加法：药物＋崩解剂→混匀→制粒→压片

外加法：药物＋其他辅料→制粒＋崩解剂→混匀→压片

内外加结合法：1/4～1/2 崩解剂＋药物→混匀→制粒＋剩余崩解剂→混匀→压片（此法崩解效果较好）

空白颗粒法：崩解剂＋5％淀粉浆→制粒（40～60 目）＋药物→混匀→压片

（6）润滑剂

增加药物颗粒的流动性，减小摩擦，防止黏冲的物料。常用的润滑剂：疏水性润滑剂（硬脂酸镁、滑石粉）、亲水性润滑剂（十二烷基硫酸镁、PEG4000、PEG6000 等）。

三、制法

片剂的制备方法有两种：

颗粒压片法 { 湿颗粒法（湿法制粒）
            干颗粒法（干法制粒）

直接压片法（全粉末直接压片法）

在中药片剂生产中，以湿颗粒法最为常用。

【考点1】★★★ 湿颗粒压片法

1. 工艺流程

中药饮片→粉碎或提取（精制、浓缩、干燥、粉碎）→

{ 全饮片粉
  全浸膏粉   →＋辅料（稀、吸、崩）→混匀→＋辅料
  饮片粉＋浸膏粉

（润湿、黏）→制软材→制颗粒→干燥→整粒→＋辅料（崩、
润滑）→压片→质检→包衣→包装（成品）

2. 有关制颗粒问题的讨论

（1）制粒目的 经过处理的片剂原料大多要先制成粗细
和松紧度适宜的颗粒才能进行压片。其目的是：

◆增加物料的流动性，增加可压性，减小片重差异。

◆减少细粉吸附和容存的空气，以减少片子的松裂（粉
末孔隙率大，容存的空气多）。

◆避免粉末分层。

◆减少粉尘飞扬，减少黏冲。

（2）制粒方法 主要有挤出制粒法、一步制粒法等。

（3）干颗粒的质量要求

◆含量准确

◆含水量：化学药物 1％～3％，中药 3％～5％。

◆颗粒松紧适宜，过松不易成形；过紧易形成花斑。

◆颗粒大小及粒度范围：一般小片用小颗粒，大片用大颗粒。颗粒粒度范围要宽一些（即各种规格的颗粒都有一些），以 20～30 目颗粒占 20％～40％，且无 100 目以上的细粉为好，可减小片重差异。

（4）干颗粒压片前的处理

◆整粒。

◆加挥发油及其他挥发性药物。

◆加崩解剂、润滑剂。

【考点 2】★ 干颗粒压片法

干颗粒压片法是指不用润湿剂或液态黏合剂（有时要加干燥黏合剂）而直接制成干燥颗粒进行压片的方法，即通过干法制粒制成颗粒进行压片。

本法主要适用于对湿、热敏感的药物或辅料的压片。一般通过滚压法或重压法制成干燥颗粒进行压片。

【考点 3】★ 全粉末直接压片法

全粉末直接压片法是指未经制粒操作而将粉末状药物与辅料分别过筛并混合均匀后，直接进行压片的方法。

（1）本法优点

■缩短工序，经济。

■生产设备简化。

■对湿、热较敏感的药物，可提高药物的稳定性。

■有利于难溶性药物的溶出，提高其生物利用度。

（2）粉末制成颗粒压片的主要目的是增加物料的流动性，

改善可压性，减小片重差异等。因此，本法在实际工作中还需解决一些技术问题。

■药物粉末应有适宜的粒度、结晶形态和可压性。

■寻找黏性、流动性和可压性好的新的赋形剂。

■改进机械设备，强制充填物料。

■克服压片时粉尘飞扬

（3）全粉末直接压片中常用的赋形剂

干燥黏合剂——微晶纤维素、聚乙二醇6000、糊精等。

助流剂——微粉硅胶、氢氧化铝凝胶等。

四、压片过程及压成的片子常见的质量问题

【考点1】★★ 松片　片剂硬度不够的现象称为松片。

原因：①颗粒中细粉过多或含纤维较多，黏性不足；②原料中油分过多；③颗粒过分干燥（含水量过少）；④制粒时乙醇浓度过高，润滑剂、黏合剂不适合，熬制浸膏时温度控制不好（熬焦了），制粒时浸膏粉碎不细；⑤压片时压力过小或转速过快。

措施（与原因一一相对）：①增加黏合剂的用量或更换黏合剂；②适当增加吸收剂用量；③控制适宜的含水量；④针对具体原因分别解决；⑤增大压力，减慢转速。

【考点2】★★ 黏冲　压片时，冲头和模圈上常有细粉黏着，使片剂表面不光洁、不平或有凹痕，或者出片时片子黏着在冲头上。

原因：①颗粒太潮；②润滑剂用量不足或分散不均匀；

③冲头粗糙（如生锈或刻字太深）；④压片环境湿度较高。

措施（与原因一一相对）：①重新干燥；②增加润滑剂用量，并使之分散均匀；③更换冲头；④室内保持干燥（除湿）。

【考点3】★★ 崩解迟缓 片剂崩解时限延长的现象称为崩解迟缓。

原因：①崩解剂种类、用量及加入方法不当；②疏水性润滑剂用量过多；③黏合剂的黏性太强或用量过多；④压片时压力过大，使片剂的硬度过大。

措施（与原因一一相对）：①采用高效崩解剂或采用内、外加入法；②减少疏水性润滑剂用量或采用亲水性润滑剂；③降低黏合剂浓度及用量；④调整压力。

【考点4】★★ 裂片 片剂受振动后，从腰间开裂或顶部脱落一层。

原因（跟松片相似）：①黏合剂选择不当或用量不足；②颗粒中油性成分较多或纤维性太强；③颗粒过分干燥（含水量太少）；④压力过大或转速过快，使容存的空气来不及逸出。⑤冲头、冲模变形。

措施（与原因一一相对）：①选择黏性大的黏合剂，浓度或用量加大；②加入吸收剂或糖粉；③喷入适量的稀乙醇或适当暴露于空气中让其吸潮；④压力降低，转速减慢；⑤调换冲头、冲模。

【考点5】★★ 变色或表面斑点 片剂表面有花斑。

原因：①颗粒过硬或混料不匀；②压片机污染（油污）。

措施（与原因一一相对）：①使颗粒硬度适中（改变制粒

时润湿剂或黏合剂用量），混料均匀；②擦拭冲头、模圈。

【考点6】★★ 引湿或受潮　片剂在放置过程中，逐渐吸收空气中的水分而变软。

原因：浸膏中含有引湿的成分，如糖、树胶、蛋白质、鞣酸、无机盐等。

措施：①在干浸膏中加入适量吸收剂，如磷酸氢钙、$Al(OH)_3$凝胶等，一起混合制粒；②加入部分中药细粉；③改进提取、分离、纯化工艺（如醇沉），除去浸膏中易引湿的成分。

五、片剂的包衣

【考点1】★ 概念　为了进一步保证片剂质量和便于服用，有些压制片还需要在它的表面包一层物质，使片中的药物与外界隔离，这一层物质称为"衣"或"衣料"，被包的压制片称为"片芯"，包成的片剂称"包衣片"。对中药片剂而言，包衣的种类主要有三种：糖衣、薄膜衣、肠溶衣。

【考点2】★★ 包衣目的

（1）隔绝空气（氧气）、湿气、光线，使药物稳定。

（2）掩盖不良嗅味，提高病人的依从性。

（3）控制药物的释药部位。如肠溶衣片。

（4）控制药物的释放速率。如缓释衣片。

（5）增加片剂的美观度。

【考点3】★ 片芯和衣层的质量要求

片芯：①双凸片，即片面呈弧形，棱角小；②硬度大，含水少；③粉末少，包衣前需将破碎片或片粉筛去。

衣层：①衣层要均匀牢固，颜色一致，不得有裂纹；②与片芯不起反应，崩解时限应当符合治疗要求，在有效期内保持光洁美观。

【考点4】★ **包衣方法** 滚转包衣法（最传统的一种包衣方法）、流化床包衣法、压制包衣法。

【考点5】★★ **包衣种类和包衣过程**

1. 糖衣

（1）特点

●有一定的隔绝空气的作用。

●可掩盖片剂的不良嗅味，改善外观，并易于吞服。

●衣层可迅速溶解，对崩解度影响不大。

●片重增加太大，成本较高。

（2）包衣材料 糖浆（黏合剂、矫味剂）、有色糖浆（着色剂）、阿拉伯胶浆（黏合剂）、明胶浆（黏合剂）、滑石粉（填充剂）、白蜡（打光）。

（3）包衣过程

包衣工序：隔离层→粉衣层（粉底层）→糖衣层→有色糖衣层→打光

2. 薄膜衣

选用符合包衣要求的高分子物料，以有机溶剂溶解，喷包于片剂表面，当溶剂受热蒸发后，片剂表面形成一层薄膜，即为薄膜衣（根据情况，需要包若干层）。

与糖衣相比，薄膜衣有以下特点：①节省物料，操作简单，工时短，成本低；②衣层牢固光滑，有较好的隔绝空气、水分等作用；③衣层薄，片剂重量增加不大；④由于衣层薄，片剂原来的颜色不易完全掩盖起来，所以不如糖衣美观。

包衣材料：成膜材料（如纤维素衍生物等）、附加材料（增塑剂、着色剂、避光剂等）。

3. 肠溶衣

肠溶衣是指在胃中不溶解，而在肠内溶解的衣料。肠溶衣片在胃中保持完整，而在肠中崩解或溶解。

包衣材料：虫胶、苯二甲酸醋酸纤维素（CAP）等。

第15章　气雾剂和喷雾剂

需重点了解的知识点：

1. 概念、类别、特点。

2. 吸入性气雾剂的吸收途径及影响吸收的因素。

3. 组成。

4. 制法。

一、气雾剂

【考点1】★ **概念**　将药物与抛射剂同封于耐压容器中，使用时借抛射剂的压力将内容物喷出的制剂。喷出物可以是雾状、糊状或泡沫状。

【考点2】★ **分类**

1. 按分散系统分

（1）二相气雾剂　气＋液（"气"为抛射剂的蒸气；"液"为药物溶解于抛射剂液体中所形成的溶液。）——溶液型气雾剂

（2）三相气雾剂

■双层气雾剂　气＋液＋液（"气"同上；"液"为抛射

剂液体和药物的水溶液或水性液体）——溶液型气雾剂

■粉末型气雾剂　气＋液＋固（"气"同上；"液"为抛射剂液体；"固"为混悬于抛射剂液体中的药物细粉）——混悬液型气雾剂

■泡沫型气雾剂　气＋O/W 或 W/O 型乳剂（"气"同上；抛射剂液体与水性液体乳化后形成乳剂，药物溶于水相或油相中）——乳浊液型气雾剂

2. 按用途分

（1）吸入性气雾剂　将药物溶解或以微粒/微滴形式分散在抛射剂中，通过呼吸系统吸入而发挥局部或全身治疗作用。

（2）体表及黏膜用气雾剂　前者供体表用，起到保护创面，清洁消毒，局部麻醉，止血止痛等作用，如云南白药气雾剂；后者用于腔道，如鼻腔、口腔等。

（3）空间消毒与杀虫用气雾剂。

【考点 3】★★★ 特点

（1）能直达病灶部位或吸收部位，奏效快，剂量小，特别适用于哮喘等病症。

（2）药物装在密闭的容器中，避免了与空气、水分的接触，提高了药物的稳定性，并可长时间保持无菌状态。

（3）使用时可以避免（减少）局部机械刺激作用。

（4）既能起局部治疗作用，又能发挥全身治疗作用。

（5）生产成本较高，要有耐压容器及特殊的生产设备。

【考点 4】★★ 吸收途径与吸收机制

体表与黏膜用气雾剂（外用气雾剂）主要靠皮肤和黏膜

吸收。而吸入性气雾剂主要靠肺泡吸收。

气雾剂吸收的机制主要是被动扩散。

【考点5】★★ 影响吸入性气雾剂药物吸收的因素

(1) 药物要有一定的脂溶性,药物在肺部的吸收速度与药物的脂溶性成正比。

(2) 药物的吸收速度与分子大小成反比,分子大,吸收速度慢;分子小,吸收速度快。

(3) 与雾化粒子大小有关,雾化粒子小,则易吸收(3～$10\mu m$ 的雾化粒子多沉积于支气管,$2\mu m$ 以下者方能到达肺泡。一般气雾剂药物粒径控制在 $1.5～5\mu m$。),但并非越小越好,粒径过小,进入肺泡后又可随呼气排出体外。

【考点6】★★★ 气雾剂的组成

气雾剂由药物与附加剂、抛射剂、耐压容器和阀门系统四部分组成。雾滴或雾粒大小与抛射剂类型、压力大小、阀门和推动钮类型、药液黏度等有关。

(1) 耐压容器(剂型的组成部分)

◆金属容器 抗压力、抗撞击性能好,但不耐腐蚀。为避免腐蚀,常在金属的内层涂一层聚乙烯或环氧树脂的薄膜。

◆玻璃容器 耐腐蚀,但耐压、耐撞击性能差。为提高其抗撞击能力,有时在玻璃瓶外面搪有塑料防护层。

◆塑料容器 耐腐蚀、抗压力、抗撞击性能好,但有穿透性。

(2) 阀门系统(有普通阀门和定量阀门之分)

由封帽、阀杆、橡胶封圈、定量杯、弹簧、浸入管、推动钮（按钮）等组成。

（3）抛射剂　为液化的气体，常温下其蒸气压大于大气压。其作用是在容器内产生一定的压力（气雾剂的动力来源），并可作为药物的溶剂、载体与稀释剂。常用的有：氟氯烷烃类（氟里昂）、碳氢化合物。

（4）药物与附加剂

◆药物　可以为液体、固体或半固体。

◆附加剂　潜溶剂、表面活性剂（如润湿剂、增溶剂、乳化剂等）、抗氧剂、助悬剂、防腐剂、矫味剂等。

【考点7】★　制法

（1）容器及阀门系统的处理。

（2）药物的配制与分装。

▼溶液型气雾剂

能直接溶于抛射剂的药物，可采用直接溶解法。不能直接溶于抛射剂的药物，要通过潜溶剂，再与抛射剂相混合。

将上述药物直接分装在洗净的瓶中或先用潜溶剂溶解后分装在洗净的瓶中。

▼混悬型气雾剂　将不溶于抛射剂的药物粉碎成微粉，直接分装于干净的容器中。

▼乳浊型气雾剂　将药物先制成乳剂，再分装于干净的容器中。

（3）充填抛射剂

◆压入法　将已装好药物的容器，装上阀门系统，压紧封帽，放在高压充气机中，通过高压压入气体状态的抛射剂

（抛射剂压入瓶中后，由于压力作用，部分抛射剂会液化）。

优点：设备简单，不需要低温操作。

缺点：灌入速度慢

◆冷灌法

在低温环境中，将已装好药物的容器冷却，立即灌入已冷却至液态的抛射剂，然后装上阀门系统，压紧封帽。

优点：灌入速度快

缺点：需低温环境和低温操作，抛射剂损耗较多。含水产品不宜采用此法充填抛射剂（水会结冰）。

二、喷雾剂

【考点1】★ 概念　不含抛射剂，借助手动泵的压力或其它方法将内容物以雾状等形态喷出的制剂称为喷雾剂。抛射药物的动力是压缩在容器内的气体。

【考点2】★ 特点　①不含抛射剂，避免对环境的污染；②增加了药物的稳定性，减少了副作用与刺激性；③简化了生产设备，降低了生产成本，提高了生产安全性；④容器内的压力在使用过程中会逐渐下降，使得雾滴大小和喷射量难以恒定。

【考点3】★ 分类　①按给药途径不同可分为吸入性喷雾剂、外用喷雾剂等；②按给药定量与否可分为定量喷雾剂与非定量喷雾剂。

第16章 其他剂型（胶剂、膜剂、涂膜剂及其他中药传统剂型）

需重点了解的知识点：

1. 概念。

2. 特点。

3. 辅料。

4. 制备流程。

（具体内容请自学）

第17章 药物制剂新技术和新剂型

需重点了解的知识点：

1. 药物制剂新技术 环糊精包合技术及包合物、微型包囊技术及微囊、固体分散技术及固体分散体的概念、特点、制法。

2. 药物制剂新剂型 缓释制剂、控释制剂、靶向制剂、前体药物制剂的概念、特点、类型及所适合的药物。

一、药物制剂新技术

【考点1】★★ 环糊精包合物及环糊精包合技术

（1）概念 固体或液体药物分子（客分子）被全部或部分包合于环糊精分子（主分子）的空穴结构中所形成的包合物叫环糊精包合物，这一包合技术叫环糊精包合技术。

（2）有关环糊精的基本知识 环糊精为水溶性、非还原性的白色结晶性粉末。常见的有 α、β、γ 三种，分别由 6、7、8 个葡萄糖分子构成，最常用的为 β—环糊精（β—CD）。

β—CD 的立体结构是环状中空圆筒形，其两端和外部呈亲水性，筒的内部呈疏水性，可以将一些大小和形状合适的亲脂性药物分子包合在环状结构中，形成超微囊状包合物。

（3）特点（包合作用与包合目的）

◆提高药物的稳定性。

◆使液体药物固体化。

◆提高药物的溶解度和生物利用度。

◆降低药物的刺激性和不良反应，掩盖其不良嗅味。

◆能调节释药速度（释药速度的快慢取决于 β—CD 的稳定常数）。

（4）制备方法 饱和溶液法、研磨法、冷冻干燥法等。

【考点 2】★ 微囊及微型包囊技术

（1）概念 以天然或合成的高分子材料为囊材，将固体或液体药物作为囊芯物包裹而成的微小胶囊称为微囊，这一操作技术称为微型包囊技术。

微囊为半成品，一般不直接用于临床，而是作为制备其他剂型的原料。

（2）特点

优点：①延缓药效（延缓药物释放）；②掩盖药物的不良嗅味，减小刺激性；③增加药物的稳定性；④液态药物固体化；⑤提高药物的生物利用度。

缺点：①缺乏简单的适用于所有囊芯物的包裹方法，技术条件也难以掌握；②不能连续生产；③药物释放不稳定。

（3）囊芯物（芯料）与囊材（囊壳、衣料）

囊芯物 可以是固体药物，也可以是液体药物，但囊芯物必须与囊材的溶剂互不相溶。

囊材

要求：①一定要在囊芯物外形成保护膜，且囊壳要有一定的牢固度与渗透性；②必须与囊芯物无配伍变化。

种类：①水溶性衣料，如明胶、阿拉伯胶等；②水不溶性衣料，如聚酰胺、乙基纤维素等。

一般水溶性药物用水不溶性衣料，水不溶性药物用水溶性衣料。

（4）制备方法

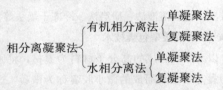

相分离凝聚法　药物与衣料溶液混合，因外界条件的改变，使衣料在药物微粒或液滴表面沉淀积聚，形成微囊。

◆有机相分离法又叫"溶剂-非溶剂法"，在药物与囊材的有机溶液中，通过改变溶剂极性或降低温度，使囊材溶解度降低，而在药物微粒表面沉淀析出，形成微囊。

◆水相分离法所用介质是去离子水或蒸馏水，以免凝聚过程中受离子干扰。这是水不溶性固体或液体药物微囊化最常用的方法。

① 单凝聚法（水相分离）将药物分散在只有一种囊材的水溶液中，加入电解质或强亲水性非电解质（脱水剂）凝聚剂，由于大量的水分和凝聚剂结合等原因，使系统中囊材的

溶解度降低，囊材凝聚于药物微粒表面而形成微囊。

工艺要点

常用囊材：明胶、聚乙烯醇（PVA）、甲基纤维素（MC）等。

常用凝聚剂：乙醇、丙酮、Na_2SO_4、$(NH_4)_2SO_4$ 等。

固化剂：甲醛

② 复凝聚法（水相分离） 利用两种具有相反电荷的高分子材料作囊材，将囊芯物分散在囊材的水溶液中，在一定条件下，相反电荷的高分子材料相互交联后，溶解度降低，自溶液中凝聚沉积在药物微粒表面而成囊。

工艺要点

常用囊材：明胶-阿拉伯胶、明胶-桃胶、明胶-海藻酸钠等。

必须精确测定两种胶液的等电点，根据测得的等电点，控制微囊制备过程中的 pH 值。

固化剂：甲醛。

③ 有机相分离法（溶剂-非溶剂法）

常用方法：改变溶剂、降低温度。

【考点3】★ 固体分散体及固体分散技术

（1）概念 固体分散体是指药物（固体或液体）与载体（固体）混合制成的高度分散的固体分散物。这种固体（有时也有液体，如挥发油等）分散在固体中的技术称为固体分散技术。

（2）特点

优点：①能增加难溶性药物的溶解速度和溶解度，提高其生物利用度；②小剂量药物制成固体分散体后，分剂量准确，便于服用；③能使油类等液体药物固体化（如滴丸等），既方便服用和运输，又能避免不良嗅味及对胃肠道的刺激性；④能够制成长效制剂。

缺点：①储存过程中易老化（主要是基质的老化），溶出速度会变慢；②药物在分散体中的比例不高（即载药量不大）。

（3）常用载体

水溶性载体：PEG4000、PEG6000、聚维酮类、糖类与醇类等。

水不溶性载体：乙基纤维素（EC）、脂质类等。

肠溶性载体：醋酸纤维素酞酸酯（CAP）、羟丙甲纤维素酞酸酯（HPMCP）等。

（4）制备方法　熔融法、溶剂法、溶剂—熔融法等。

二、药物制剂新剂型

【考点1】★　缓释制剂　用药后能在较长时间内持续释放药物，达到延长药效的一类制剂称为缓释制剂，其药物释放主要是一级速率过程。（了解：特点、类型、不宜制成缓释制剂的药物）

【考点2】★　控释制剂　药物在规定的时间内自动以受控形式恒速（以零级或接近零级速率）释放，使血药浓度长时间恒定维持在有效浓度范围内的制剂。

（了解：特点、类型、不宜制成控释制剂的药物）

【考点3】★ **靶向制剂** 靶向制剂也称靶向给药系统（TDS），是指运用载体将药物有目的地浓集于某个特定的组织、器官或部位的给药系统。

靶向制剂可分为被动靶向制剂、主动靶向制剂和物理化学靶向制剂。（了解：特点）

【考点4】★ **前体药物制剂** 是指将具有药理活性的母体药物，导入另一种载体基团（或与另一种母体药物结合）形成一种新的化合物，这种化合物在人体中经过生物转化（酶或其它生物机能的作用），重新释放出母体药物而呈现疗效。（了解：特点、适用药物）

第18章 中药制剂的稳定性

需重点了解的知识点：

1. 影响中药制剂稳定性的因素及常见的不稳定现象（重点：水解与氧化）。

2. 提高中药制剂稳定性的方法（重点：延缓水解的方法与防止氧化的方法）。

3. 中药制剂稳定性试验方法（长期试验与加速试验方法、特点、半衰期和有效期的计算）。

【考点1】★★ 影响中药制剂稳定性的因素

（1）制剂处方、工艺及包装条件　药物的不同剂型、不同制剂处方和制备工艺、不同包装材料和包装方法等都有可能影响药物制剂的稳定性。

（2）温度　温度升高，反应速度加快，对多数反应过程来说，温度每升高10℃，降解反应速度一般增加2～3倍。某些对热特别敏感的药物，如青蒿素、胰岛素等，应避免加热，并在低温环境中制备、贮藏。

（3）pH值　一般情况下，液体制剂pH值每改变一个单位，降解反应速度就要改变 10 倍以上。许多液体制剂均有最适 pH 值范围，如青霉素 pHm6～6.8。

（4）水分 固体制剂会吸收空气中的水分，在固体制剂表面形成液层（膜），降解反应在液层中进行，反应速度与空气的相对湿度成正比。另外，固体制剂本身如果含水量过大，在贮存过程中易发生虫蛀、霉变及药物成分水解等变质现象。因此，固体制剂要注意生产过程、贮存过程中空气湿度，更应注意药物制剂本身的含水量。

（5）空气中的氧和制剂中的金属离子 空气中的氧是引起药物氧化反应的主要因素之一，不需要其他氧化剂的参与，仅仅是由于空气中氧的存在，在室温下即能自发引起氧化反应，称为"自氧化反应"，许多药物的氧化反应都是自氧化反应，如维生素 C、油脂等。制剂中的金属离子常常是自氧化反应的催化剂。

（6）光线 光和热一样，可以提供产生化学反应所必需的活化能，引起或加速化学反应。波长越短，能量越大，故有些药物制剂生产或贮藏时要避光，或用红光。

【考点2】★★★ 常见的不稳定现象

药物常见的降解反应有水解、氧化、聚合、异构化等，其中水解与氧化是最主要的不稳定现象。

（1）水解引起的不稳定性

酯类药物的水解 酯类药物在碱性溶液中易发生水解，碱性越强，水解越快。如阿司匹林不仅在水溶液中易水解，即使在空气中也能吸收水分水解（阿司匹林片剂久置后其表面有霉样结晶产生，并有醋味，此即为水解后产生的水杨酸和醋酸）。

酰胺类药物的水解　如青霉素类药物在碱性或酸性溶液中均能水解，但产物不同。为此，青霉素类药物一般都制成固体粉针剂，临用时用灭菌注射用水溶解。

苷类药物的水解　苷类是由苷元与糖以苷键相连，苷键在酸性环境中或在一些特殊酶的作用下，易水解断裂，形成苷元和糖。如黄芩中的黄芩苷，在黄芩酶的作用下易水解成黄芩素。

（2）氧化引起的不稳定性

酚类药物的氧化　酚类药物分子结构中含有的酚羟基极易被氧化变为醌式结构而产生变色或沉淀，如水杨酸钠、毒扁豆碱、维生素C等。

芳胺类药物的氧化

其他类药物的氧化　如油脂类、挥发油类等含不饱和碳键的药物。

【考点3】★★★ 提高中药制剂稳定性的方法

1. 延缓药物水解的方法

▲调节 pH 值至 pHm（药物的 pHm 要通过实验测得）。

▲降低温度。

▲改变溶剂　在水中不稳定的药物，有时可采用乙醇、丙二醇、甘油等极性稍小的溶剂，以减少其水解。

▲降低药物的溶解度　一些难溶性药物的水解速度与其溶解度成正比，故减小这些药物的溶解度，其水解速度也相

应降低。

▲制成干燥固体制剂 如糖浆剂→干糖浆（颗粒剂）；水针剂→粉针剂。

2. 防止药物氧化的方法

影响药物氧化的因素：

内因——药物本身的结构。

外因——氧气、水、光线、温度、溶液 pH 值、金属离子的存在等。

（1）氧气的影响及抗氧措施 氧气的存在能使药物发生自氧化反应。

措施：

① 通入惰性气体（N_2、CO_2 等） 它们溶解于溶液中，使 O_2 外溢，从而降低溶液中 O_2 的浓度。CO_2 溶于水形成 H_2CO_3，使溶液的酸性加大，对酸特别敏感的药物不宜通 CO_2。

② 加抗氧剂。

水溶性抗氧剂——$Na_2S_2O_5$（焦亚硫酸钠）、$NaHSO_3$（亚硫酸氢钠）、$Na_2S_2O_3$（硫代硫酸钠）、维生素 C 等。

脂溶性抗氧剂——去氧双氢愈创木酸、焦性没食子酸及其酯类等。

（2）金属离子的影响及相应措施 金属离子为自氧化反应的催化剂，能加速氧化反应的发生。

措施：加金属离子络合剂、螯合剂，如 EDTA（依地酸及其盐类）、酒石酸、枸橼酸等。

（3）温度的影响及相应措施　可通过冷藏或尽量避免加热加以克服。

（4）pH 值的影响及相应措施　一般情况下，药物起氧化还原反应的速度随溶液 pH 值的增大而加快。因此，应适当降低溶液的 pH 值，或调至 pHm。

（5）光线的影响及相应措施　光线能引起药物的氧化。波长越短，能量越大，影响越大。对光敏性药物，应避光贮藏。

【考点 4】★★ 中药制剂的稳定性试验方法

1. 长期试验法（室温留样观察法）

将样品用上市用包装，贮存在自然条件下（或置 25℃，RH60％下），间隔一定时间（0 月、3 个月、6 个月、12 个月、18 个月、24 个月、36 个月）取样，按既定的质量标准检测，考察其稳定性，确定其有效期。

优点：简单易行，结果符合实际。

缺点：费时，对出现的问题难以找出原因。

2. 影响因素试验法　通过试验，了解影响药物稳定性的主要因素，为制剂生产、包装、贮存条件提供依据。

影响因素试验主要包括：

① 高温试验。

② 高湿试验。

③ 强光照射试验。

分别将供试品敞口置规定的"高温"、"高湿"、"强光"条件下放置 10 天，于第五天、第十天取样，按稳定性试验重点考察项目进行检测。

为探讨固体制剂的吸湿性，可在各种湿度条件下测定该制剂的平衡吸湿量，以平衡吸湿量对相对湿度作图，得吸湿平衡图，从图上可求得药物的临界相对湿度（CRH），CRH越大，表示该固体药物越不易吸湿，反之，越容易吸湿。

3. 加速试验法（化学动力学法）

在规定的超常条件下（高温、高湿、强光或强氧化剂等）进行的试验，目的是为了加速药物的化学或物理学变化，了解药物制剂的稳定性，预测其有效期。

优点：工作效率高，省时，能找出所出现问题的原因。

缺点：其实验结果仅供参考，药物制剂真正的稳定性和有效期以长期试验结果为准。

【考点5】★★ 加速试验法预测药物有效期的方法

1.（降解）反应速度与反应速度常数

反应速度以单位时间内生成物浓度的增加或反应物浓度的减少来表示。反应速度与反应物浓度之间有以下关系：

$$-dc/dt = kC^n$$

c—为反应物的浓度；dc/dt—瞬时反应速度；k—反应速度常数（其单位为时间的倒数，如秒$^{-1}$、分$^{-1}$等）；$n = 0$、1、2……，分别为 0 零级反应、一级反应、二级反应等，药物的降解反应主要是一级反应。

当 $n = 1$ 时，$-dc/dt = kc$，反应速度与反应物浓度的一次方成正比。积分后得：

$$\lg C = -kt/2.303 + \lg c_0$$

c_0—初始浓度 c—经过时间 t 后的浓度 k—反应速度常数 直线的斜率 $m = -k/2.303$，截距为 $\lg c_0$。

一级反应的特点：

（1）反应速度与反应物浓度的一次方成正比。

（2）一级反应的 $\lg c$-t 呈直线。

2. 半衰期与有效期

半衰期：药物分解一半所需要的时间，用 $t_{1/2}$ 表示。由直线方程 $\lg c = -kt/2.303 + \lg c_0$ 可得：

$$t_{1/2} = 0.693/k$$

有效期：药物在室温下，分解 10% 所需要的时间。用 $t_{0.9}$ 表示。同理可得：

$$t_{0.9} = 0.1054/k$$

当 k 值恒定，即温度 T 恒定时，$t_{1/2}$、$t_{0.9}$ 均为常数，与药物的原始浓度无关。$t_{1/2}$、$t_{0.9}$ 越大，则意味着 k 值越小，也就是药物的稳定性越好。

$$t_{0.9} = 0.152 \cdot t_{1/2}$$

3. 药物制剂在室温条件下（25℃）有效期的预测（经典恒温法）

经典恒温法实验步骤：

（1）样品的处理 将样品放在 4~5 不同温度的恒温箱中进行加速试验，每隔一定时间进行反应物含量（或浓度或效价）测定。

（2）绘出每一温度下的 $\lg c$-t 图（确定反应级数）。

（3）求出每个不同温度的直线斜率 m 及其反应速度常数

k 值（有几个不同的温度，就有几个不同的 k 值）。

（4）求室温（25℃）下的 $k_{25℃}$

作 Arrhenius 图（阿伦尼乌斯图），以 $\lg k$ 对 $1/T$（开氏温度的倒数）进行回归处理，可得直线方程（二者呈线性关系）。

以 $1/T = 1/(273+25) = 3.36 \times 10^{-3}$ 代入以上直线方程，即可求得 $\lg k_{25℃}$，查反对数表得 $k_{25℃}$，则：

$$t_{0.9} = 0.1054/k_{25℃}$$

第 19 章　生物药剂学与药物动力学概论

> 需重点了解的知识点：
>
> 1. 生物药剂学与药物动力学概念、研究内容、药物的体内过程及影响因素。
>
> 2. 药动学常用术语与参数。
>
> 3. 生物利用度与体外溶出度的概念、测定方法、二者的相关性。

一、概述

【考点 1】★ 概念　生物药剂学系指通过研究药物制剂在体内的吸收、分布、代谢及排泄过程，阐明药物的剂型因素、生物因素与药效之间关系的科学。

药物动力学是应用动力学原理，定量地描述药物通过各种途径进入体内的吸收、分布、代谢与排泄等过程的动态变化规律的科学。

【考点 2】★ 生物药剂学的研究内容

（1）探讨药物的剂型因素与药效之间的关系

剂型因素广义上包括：药物的物理性质（溶解度、粒度、晶型等）、化学性质（酯类、盐类、络合物等）、制剂处方、剂型、工艺参数、用法等。

（2）探讨药物的生物因素与药效之间的关系

研究用药对象的种族、性别、生理、病理条件及遗传因素等对药物体内过程的影响，进而影响药物的生物效应。

【考点 3】★ 药物动力学的研究内容

（1）建立药物的动力学模型，并求出模型的解。

（2）研究各种药物生物利用度的测定和计算方法，给出药物制剂内在质量较为客观的评价指标。

（3）指导与评价药物制剂的设计与生产，特别是通过药物制剂体内释放规律的研究，指导速效、长效、高效制剂的研究开发。

（4）通过药物体外动力学特征与体内动力学特征之间相互关系的研究，寻找快速简便的体外测定方法来合理地反映药物的体内情况。

（5）运用药物动力学参数指导临床用药，设计合理的给药方案。

（6）探讨药物化学结构和药物动力学特征之间的关系，指导药物化学结构改造，定向寻找高效低毒的新药。

二、药物的体内转运过程

药物在体内吸收、分布、代谢、排泄的全过程称为体内转运过程（即药物进入与离开机体的全过程）。

【考点1】★ **吸收** 药物从用药部位向循环系统转运的过程称为吸收。

除血管内给药以外，药物应用以后通常都要经过吸收才能进入体内，其中胃肠道（特别是小肠）是口服给药最主要的吸收部位。

影响口服药物吸收的因素：生理因素、药物因素、剂型因素。

【考点2】★ **分布** 药物吸收后，由循环系统转运到体内各脏器组织的过程。

影响药物分布的因素：药物与血浆蛋白的结合能力、组织器官的血流量和毛细血管通透性、药物与组织的亲和力、血脑屏障与血胎屏障等。

【考点3】★ **代谢** 药物在体内酸碱环境、酶系统和肠道菌群作用下发生结构改变的过程称为代谢。

药物代谢的主要部位在肝脏，药物经代谢后，药效可能降低（灭活），也可能增强（赋活，如前体药物）。

影响药物代谢的因素：给药途径（是否存在首过效应等）、给药剂量、体内酶的作用及生理因素（如性别、年龄、病理状态等）。

【考点4】★ **排泄** 吸收到体内的原型药物或代谢产物排出体外的过程称为排泄。

药物排泄的主要途径是肾脏，其次是胆汁，再次是乳汁、唾液、呼吸、汗液等。

影响药物肾排泄的因素：药物的血浆蛋白结合率、肾小管重吸收、肾小管分泌。

三、药物动力学基本知识

【考点 1】★ 常用术语与参数

（1）**隔室模型** 药物动力学研究中常用"隔室模型"模拟机体系统，根据药物在体内分布速度的差异，将机体划分为若干个隔室（房室），同一隔室中药物处于动态平衡的"均一"状态，但并不意味着各处药物浓度均相等，不同隔室之间仍在进行转运与分布。

最简单的为"单室模型"，较复杂的是"双室模型"和"多室模型"，单室模型和双室模型数学处理相对简单，应用较广。

（2）**速率常数** 速率常数是描述药物转运（消除）速率的重要的动力学参数。速率常数越大，转运速率越快。一定量的药物转运速率与药物量的关系用数学公式表示为：

$$\frac{\mathrm{d}X}{\mathrm{d}t} = kX^n$$

式中，$\mathrm{d}X/\mathrm{d}t$——药物转运速率；X——药物量；K——转运速率常数，单位为时间的倒数；n——级数。当 $n=1$ 时，则 K 为一级转运速率常数；当 $n=0$ 时，则 K 为零级转运速率常数。

在描述不同的速率过程时，k 表示该过程的不同速率常数。

常见的速率常数有：

k_a：吸收速率常数。

k：总消除速率常数（为体内代谢和排泄速率常数的总和，速率常数具有加和性）。

k_e：尿药排泄速率常数。

k_m：代谢速率常数。

（3）表观分布容积（V）　表观分布容积是体内药量与血药浓度间相互关系的一个比例常数，用 V 表示。

$$V = \frac{X}{C}$$

式中，V—表观分布容积，X—为体内药物量，C—血药浓度。表观分布容积的单位通常以 L 或 L/kg 表示。

表观分布容积没有直接的生理意义，其表观意义为：体内药量按血药浓度均匀分布时所需要的体液的容积，其大小反映了药物的分布特性。一般水溶性或极性大的药物，不易进入细胞内或脂肪组织中，血药浓度较高，表观分布容积较小，而亲脂性药物血药浓度较低，表观分布容积较大，往往超过体液总体积。对某一具体药物来说，表观分布容积是个确定值。

（4）体内总清除率　体内总清除率（TBCL）或清除率（Cl）是指从机体或器官中清除药物的速率，即单位时间内从机体或器官中能清除掉相当于多少体积的体液中的药物。单位为：体积/时间。单位时间内所清除的药物量等于清除率与血药浓度的乘积。

多数药物通过肝代谢或肾排泄从体内消除，因此，药物的总清除率等于肝清除率 Cl_h 与肾清除率 Cl_r 之和。

（5）生物半衰期（$t_{1/2}$）　生物半衰期是指体内药量或血药浓度消除或降低一半所需要的时间（又称消除半衰期）。生物半衰期是衡量一种药物从体内消除速率的参数。

药物的生物半衰期除与药物结构性质有关外，还与机体消除器官的功能有关。通常，同一种药物对于正常成人的生物半衰期相对稳定，生物半衰期的改变，可反映出消除功能的变化。

（6）药-时曲线与半对数药-时曲线

以时间为横坐标，体内药量或血药浓度为纵坐标绘制的曲线称为药-时曲线。

以时间为横坐标，体内药量或血药浓度的对数为纵坐标绘制的曲线称为半对数药-时曲线。

前者除可用于观察药效快慢、药效强弱外，还可由曲线下面积计算生物利用度和其他参数；后者则主要用于药物隔室模型的分析及药物动力学参数的估算等。

【考点 2】★ 单室模型单剂量给药血药浓度-时间关系及有关计算公式

1. 静脉注射给药

药物消除速率公式：

$$\frac{\mathrm{d}X}{\mathrm{d}t} = -kX$$

式中，$\mathrm{d}X/\mathrm{d}t$—药物消除速率；k——一级消除速率常数；X—t 时体内药量。

血药浓度与时间的关系：

中药药剂学

$$c = c_0 e^{-kt} \qquad \lg c = -\frac{k}{2.303}t + \lg c_0$$

式中，c_0—初始血药浓度；c—t 时的血药浓度；k——级消除速率常数。

半衰期：

$$t_{1/2} = \frac{0.693}{k}$$

式中，$t_{1/2}$—半衰期；k——级消除速率常数。

表观分布容积：

$$V = \frac{X_0}{c_0}$$

式中，V—表观分布容积；X_0—静脉给药剂量；c_0—初始血药浓度。

血药浓度-时间曲线下面积：

$$AUC = \frac{X_0}{kV}$$

式中，AUC—血药浓度-时间曲线下面积；X_0—静脉给药剂量；k——级消除速率常数；V—表观分布容积。

清除率：

$$Cl = \frac{-dX/dt}{c} = \frac{kX}{c} = kV = \frac{X_0}{AUC}$$

2. 静脉滴注给药

体内药量变化速率：

$$\frac{dX}{dt} = k_0 - kX$$

式中，dX/dt—体内药量变化速率；k_0—滴注速率；X—t

时体内药量；k——一级消除速率常数。

血药浓度与时间的关系：

$$c = \frac{k_0}{kV}(1 - e^{-kt})$$

式中，k_0—滴注速率；c—t 时的血药浓度；V—表观分布容积；k——一级消除速率常数

稳态血药浓度（静脉滴注开始的一段时间内，血药浓度不断上升，然后趋近于一个恒定水平，此时的血药浓度称为稳态血药浓度或称为坪浓度，用 C_{ss} 表示）：

$$c_{ss} = \frac{k_0}{kV}$$

3. 血管外给药

吸收部位药物的变化速率：

$$\frac{\mathrm{d}X_a}{\mathrm{d}t} = -k_a X_a$$

式中，$\mathrm{d}X_a/\mathrm{d}t$—吸收部位药物的变化速率；$k_a$——一级吸收速率常数；$X_a$—吸收部位可吸收的药量

体内药物的变化速率 $\mathrm{d}X/\mathrm{d}t$ 等于吸收速率与消除速率之差：

$$\frac{\mathrm{d}X}{\mathrm{d}t} = k_a X_a - kX$$

X—t 时体内药量；k——一级消除速率常数

血药浓度与时间的关系：

$$c = \frac{k_a F X_0}{V(k_a - k)}(e^{-kt} - e^{-k_a t})$$

式中，F—吸收分数；k_a——一级吸收速率常数；X_0—给药

剂量；k——一级消除速率常数；V——表观分布容积

达峰时间（t_{max}）：

$$t_{max} = \frac{2.303}{k_a - k} \lg \frac{k_a}{k}$$

峰浓度（C_{max}）：

$$C_{max} = \frac{FX_0}{V} e^{-kt_{max}}$$

血药浓度-时间曲线下面积（AUC）：

$$AUC = \frac{FX_0}{kV}$$

四、药物制剂的生物有效性

药物制剂的生物有效性通常可以用生物利用度及体外-体内相关性试验来表示，体外-体内相关性是指药物制剂的溶出度与生物利用度之间的相互关系。

【考点1】★ **生物利用度** 生物利用度（BA）是指药物被吸收进入血液循环的速度（RBA）和程度（EBA）。

◆生物利用程度（EBA） 药物进入血液循环的多少，可用血药浓度-时间曲线下面积（AUC）表示。试验制剂与参比制剂 AUC 之比称为相对生物利用度，当参比制剂是静脉注射剂时，则得到的比值为绝对生物利用度。

相对生物利用度：

$$F = \frac{AUC_T}{AUC_R} \times 100\%$$

绝对生物利用度：

$$F = \frac{AUC_\text{T}}{AUC_\text{iv}} \times 100\%$$

式中，T 与 R 分别代表试验制剂和参比制剂，iv 代表静脉注射剂。

◆生物利用速度（RBA）　药物进入体循环的快慢。常用血药浓度达峰时间（t_max）和达峰浓度（C_max）来表示。

◆生物利用度的评价指标　药物制剂的生物利用度应该用 C_max、t_max 和 AUC 三个指标全面评价。血药浓度-时间曲线上的峰浓度 C_max 是与治疗效果和毒性水平有关的重要参数，也与药物的吸收量有关，若 C_max 低于有效治疗浓度，则治疗无效；若 C_max 超过最小中毒浓度，则能导致中毒。

【考点 2】★　溶出度　溶出度系指在规定溶剂中药物从片剂、胶囊剂等固体制剂中溶出的速度和程度。凡检查溶出度的制剂，不再进行崩解时限的检查。

需要测定溶出度的药物：

（1）生物利用度较低的药物　如药物不易从制剂中释放；药物在消化液中溶解缓慢或难溶；久贮后溶解度降低；与其它成分共存易发生化学反应。

（2）可能产生明显不良反应的药物　如药理作用强烈，安全系数小，剂量曲线陡峭的药物；溶出速度过快，口服后血药浓度骤然升高的药物。

溶出度测定方法：2010 年版《中国药典》二部规定的溶出度测定方法有转篮法、桨法和小杯法，其中转篮法较为常用。

溶出度的常用参数：

（1）累积溶出最大量 Y_∞，为溶出操作经历相当长时间后，药物累积溶出的最大量，通常为 100% 或接近 100%。

（2）出现累积溶出最大量的时间 t_{max}。

（3）溶出 50% 的时间 $t_{0.5}$ 或 $t_{50\%}$。

（4）溶出某百分比的时间 t_x，如 t_d 表示溶出 63.2% 的时间。

（5）累积溶出百分比-时间曲线下的面积 AUC。

【考点3】★ 溶出度与生物利用度的相关性

药物的体内生物利用度试验能较客观地反映药物的生物有效性，但测定方法复杂，不宜作为每批产品的常规测定。而体外溶出度试验则简便易行。如经实验证明，某药物的体内生物利用度与体外溶出度之间具有良好的相关性，则可通过溶出度的测定，合理评价药物的生物有效性。

相关性判断的方法：比较溶出度试验与生物利用度试验相关参数，判断其是否相关。

（1）$t_{0.5}$ 与 t_{max}、C_{max}、AUC 之间的相关性：$t_{0.5}$ 是溶出试验的主要参数，C_{max}、t_{max}、AUC 是生物利用度试验的三个重要参数，将 $t_{0.5}$-C_{max}、$t_{0.5}$-t_{max}、$t_{0.5}$-AUC 数据进行回归处理，分别可求得两两相关系数，由相关系数值判断有无相关性。

（2）药物溶出百分数与药物吸收百分数的相关性：计算药物溶出的百分数和药物吸收的百分数，将两组数据进行回归处理，由相关系数，判断有无相关性。

第20章 药物制剂的配伍变化

> **需重点了解的知识点：**
>
> 1. 配伍用药的目的及配伍变化的概念、类型（包括配伍禁忌）。
>
> 2. 预测药物制剂配伍变化的实验方法及防止药物制剂配伍变化的处理技术。

【考点1】★★★ 概念 药物的配伍变化是指药物配伍以后在理化性质或生理效应等方面所产生的变化。配伍禁忌是指药物在配伍以后产生不利于生产、应用和治疗的配伍变化。

【考点2】★★ 配伍用药的目的

（1）利用相须、相使，发挥协同作用，增强疗效。

（2）利用相畏，相杀，纠正某些药物的毒副作用，如生姜与南星、半夏同用。

（3）利用相反的药性起相反、相成的作用，如麻黄（辛温）同黄芩（苦寒）共用。

（4）为了治疗和预防合并症而联合用药。

【考点3】★★ 配伍变化的类型

1. 中药学配伍变化 中药学中除"单行"外，有"相须、相使、相畏、相杀、相恶、相反"共七种配伍形式，称为"七情配伍"。

2. 药理学配伍变化

药物合并使用后，一种药物对另一种药物的体内过程或受体作用发生影响，从而使药物的药理作用、毒副作用等发生改变。这种改变有的有利于治疗，有的不利于治疗。

（1）协同作用 两种药物合并使用后，药物的药理作用增强。协同作用又分为相加和增强。

相加：A+B；增强：A×B＞A+B

（2）拮抗作用 药物配伍以后，一种药物能阻碍另一种药物的作用，使药物的作用减弱或消失。

有拮抗作用的药物联用并非都是坏事，有时将这类药物联用，可以矫正药物的毒副作用或者突出药物的主要作用。如巴豆，暴泻不止，但巴豆得热助泻，得寒止泻，因此，巴豆与黄芩、黄连煎汤后冷服，可以纠正巴豆的毒副作用。

（3）增加毒副作用

如安神丸（含朱砂）同用 $HgBr$、HgI 会刺激肠胃，引起腹痛、腹泻，可见赤痢样大便——医源性肠炎。

（4）影响药物的体内过程

◆影响吸收

吸收减少，如四环素与牛奶同服（应尽量避免）。

吸收增加，如麦角胺（治疗偏头痛）与咖啡因同服——

生成麦角胺咖啡因。

◆**影响分布** 分布有竞争作用和置换作用，一种药物减少了另一种药物与蛋白的结合，被置换的药物其游离型浓度增加。

如治疗疟疾，阿的平和抗疟喹啉同用，由于阿的平对抗疟喹啉的竞争和置换作用，使抗疟喹啉血中的游离型浓度增加，容易产生溶血性贫血等副作用。

◆**影响代谢** 药物的代谢主要在肝脏中进行，肝脏中有许多代谢酶。

酶抑作用：合并用药后，一种药物抑制另一种药物的代谢酶，使另一种药物的活性增强或毒性增加。

酶促作用：合并用药后，一种药物激活另一种药物的代谢酶，使另一种药物的活性减弱。

◆**影响排泄** 如健胃片不宜与奎尼丁合用，前者能碱化尿液，增加肾小管对奎尼丁的重吸收而降低对奎尼丁的排出，使奎尼丁血药浓度增大而引起奎尼丁中毒。

3. 药剂学配伍变化

（1）物理性配伍变化 药物配伍以后，发生吸附、潮解、液化、结块等物理性质的改变，从而影响制剂的外观及内在质量。

（2）化学性配伍变化 药物配伍以后，各成分之间发生氧化还原、分解、水解、聚合等化学反应，引起沉淀、变色、产气等，从而影响药物制剂的外观及内在质量。

【考点4】★ 注射剂的配伍变化 临床上由于治疗和抢救

153

工作的需要，经常将几种注射剂配伍使用，在配伍使用过程中也会发生配伍变化。

注射剂的 配伍变化 $\left\{\begin{array}{l}\text{药理学配伍变化（同前）}\\\text{药剂学配伍变化（包括可见与不可见的变化）}\end{array}\right.$

注射剂产生配伍变化的原因：

●溶剂的改变　当某些含非水溶剂的注射剂加入到大输液中时，由于溶剂组成的改变，可能会使药物析出。

●pH 值的改变　注射剂的 pH 值是其重要的稳定因素，配伍后，由于药液 pH 值的改变，有些药物会产生沉淀或浑浊，甚至会加速分解。

●其他因素　如配伍以后药物成分之间的相互作用、药物与对方附加剂的相互作用等等。

【考点 5】★ 预测药物溶液配伍变化的试验方法

1. 可见的配伍变化的试验方法

按临床用药量缩小，混合，在不同时间内用肉眼观察有无产生沉淀、结晶、变色、气体等现象。

2. 测定变化点的 pH 值

许多配伍变化是由于 pH 值的改变而引起的，所以应将测定药液变化点的 pH 值，作为预测配伍变化的依据之一。

方法：取 10ml 药液，先测其 pH 值。主药是有机酸盐用 0.1mol/L HCl 调，主药是有机碱盐用 0.1mol/L NaOH 调，逐滴加入药液中，边加边振摇，看是否有沉淀、变色等。当发现有显著变化时，测定其 pH 值，即为变化点的 pH 值。

结论：

① pH 值移动范围越大（药液本来的 pH 值与变化点的 pH 值相差越大），则表示此药液越稳定，不易产生配伍变化。

② 酸碱的用量大，而 pH 值的改变不大，说明药液本身缓冲能力强，这种药液也很稳定，不易产生配伍变化。

3. 其他方法 稳定性试验（在规定时间内进行含量或效价测定）、药理学和药动学测定等。

【考点 6】★ 配伍变化的技术处理

药剂学方面的配伍变化，一般可通过下法处理。

（1）改变调配次序。

（2）改变溶媒或添加增（助）溶剂。

（3）调节药液的 pH 值。

（4）改变剂型或调换药物。

（5）控制贮存条件。

第21章 中药炮制绪论

【考点1】★★ 中药炮制的起源与发展

（1）炮制与炮炙 炮制在历史上又称"炮炙"、"制造"、"修治"、"修事"等。

"炮"和"炙"都离不开火，也代表中药加工技术中的两种处理方法。"炮"代表各种与火有关的加工处理技术，而"制"则代表各种更广泛的加工处理方法。

（2）炮制著作

◆宋代雷敩总结了前人炮制方面的技术和经验，撰成《雷公炮炙论》三卷，是我国第一部炮制专著。

◆明代缪希雍撰《炮炙大法》是继《雷公炮炙论》之后第二部炮制专著，收载了439种药物的炮制方法，并将前人的炮制方法归纳为"雷公炮制十七法"。

◆清代张仲岩著《修事指南》为清代炮制专著，是我国第三部炮制专著，收录药物232种。

【考点2】★★★ 中药炮制的目的与作用

1. 炮制目的

（1）降低或消除药物的毒性或副作用，保证用药安全

如川乌有用浸、漂、蒸、煮、加辅料制等处理以降低其毒性；

又如相思子、蓖麻子、商陆等采用加热炮制以降低其毒性；柏子仁通过去油制霜炮制后即消除了致泻的副作用。

(2) 改变或缓和药物的性能 如麻黄生用辛散解表作用较强，蜜炙后辛散作用缓和，止咳平喘作用增强；蒲黄生用活血化瘀，炒炭止血；生甘草清热解毒，蜜炙后能补中益气。

(3) 增强药物疗效 如一些种子类药物（决明子、芥子、苏子、青葙子等）种皮致密，不易煎出有效成分，炒后种皮爆裂，便于煎出有效成分；蜜炙款冬花、紫菀等，由于蜂蜜的协同作用，可增强其润肺止咳的作用；胆汁制南星，能增强其镇痉作用。

(4) 便于调剂和制剂 矿物类、贝壳类及动物骨、甲类药物，如自然铜、磁石、赭石、牡蛎、石决明、穿山甲、豹骨等，这类药物质地坚硬，难于粉碎，不便于制剂和调剂，而且在短时间内也不易煎出有效成分，因此，必须经过煅、煅淬、砂烫等炮制方法，使其质地酥脆，易于粉碎及煎出有效成分。

(5) 改变药物作用的部位和趋向 药物经炮制后，由于性味的变化，可以改变其作用趋向，尤其对具有双向性能的药物更明显。如黄柏系清下焦湿热之药，经酒制后作用向上，兼能清上焦之热；黄芩酒炒可增强上行清头目之热的作用。

2. 炮制作用

(1) 对四气五味、升降浮沉、归经和毒性的影响

●对四气五味的影响

一是通过炮制，缓和药物原有性味。如姜栀子。

二是通过炮制，增强药物原有性味。如胆黄连。

三是通过炮制，改变药物原有性味。如胆南星。

●对升降浮沉的影响　如黄柏经酒制后作用向上，兼能清上焦之热。黄芩酒炒可增强上行清头目之热的作用。砂仁经盐炙后，可以下行温肾，治小便频数。

●对归经的影响　如醋制入肝经，蜜制入脾经，盐制入肾经等。

●对毒性的影响　常用的减毒方法有净制、水泡、水漂、水飞、加热、加辅料处理、去油制霜等。

（2）净制、切制、加热、辅料炮制与临床疗效

净制——除去杂质与非药用部位。

切制——提高煎药的质量。

加热——提高疗效，抑制偏性（炒制、煅制运用最广）。

辅料——加辅料处理后，在性味、功效等方面均会有所变化。

以上炮制方法都与临床疗效密切相关。

（3）对含生物碱类、苷类、挥发油类、鞣质类成分饮片质量的影响

●对生物碱类成分的影响　常用酒或醋作为炮制辅料，以提高生物碱的溶解性，如醋延胡索。小分子生物碱如槟榔碱、季铵型生物碱如小檗碱等在切制和炮制时，应尽量减少与水接触的时间，避免损失。

●对苷类成分的影响　常用酒作为炮制辅料可提高苷类成分的溶解度。水处理时应少泡多润。

●对挥发性成分的影响　这类药材应及时加工处理，常常阴干，加热时间和温度要严格控制。苍术等需炮制后减少或除去挥发油，以减少其副作用。

●对鞣质类成分的影响　这类成分易溶于水，易被氧化（生成鞣红），水处理应加以注意。遇铁生成墨绿色的鞣质铁盐沉淀，故需忌铁器。

【考点3】★ 中药炮制常用辅料

1. 液体辅料

酒

黄酒　含乙醇 15%～20%，炙药用。

白酒　含乙醇 50%～60%，浸药用。

作用：活血通络，祛风散寒，行药势，矫味矫臭。

醋　含乙酸 4%～6%

作用：引药入肝，理气，止血，行水，消肿，解毒，散瘀止痛，矫味矫臭。

食盐水　主含氯化钠

作用：强筋骨，软坚散结，清热凉血，解毒，防腐，矫味。

米泔水

作用：益气，除烦，止渴，解毒。对油脂有吸附作用，用以除去部分油质，降低药物辛燥之性，增强补脾和中的作用。

麻油

作用：清热，润燥，生肌。使药物质地酥脆，降低毒性。

生姜汁　主要成分为挥发油、姜辣素。

作用：升腾发散而走表，能发表、散寒、温中、止呕、开痰、解毒。

黑豆汁

作用：活血，利水，祛风，解毒，滋补肝肾。

蜂蜜　主要成分为果糖、葡萄糖，两者约占蜂蜜的 70%。

作用：增强疗效，解毒，缓和药性，矫味矫臭。

2. 固体辅料

麦麸

作用：缓和药物的燥性，增强疗效，还能吸附油质。

米

作用：补中益气，健脾和胃，除烦止渴，止泻痢。增强药物功能，降低刺激性和毒性。

土

作用：温中和胃，止血，涩肠止泻。

河砂

作用：使药物质地松脆，以便粉碎或利于煎出有效成分。

滑石粉

作用：利尿，清热，解暑。

蛤粉

作用：清热，利湿，化痰，软坚。

【考点 4】★ 中药饮片的质量要求

（1）净度　系指炮制品的纯净程度，可用炮制品含杂质及非药用部位的限度来表示。杂质一般不得超过 3%。

（2）片型　饮片应均匀、整齐，色泽鲜明，表面光洁，无连刀片等，对饮片的厚度亦有要求。

（3）色泽　作为炮制程度及内在质量变异的标志之一。

（4）气味　应具有原有的气味，不应带异味或气味散失，同时应保留辅料的气味。

（5）水分　一般控制在7%～13%。

（6）有毒成分限量指标　一般包括毒副作用成分、重金属、砷盐的含量、农药残留量等。如制川乌含双酯型生物碱以乌头碱、次乌头碱及新乌头碱的总量计，不得过0.040%；马钱子含士的宁应为1.20%～2.20%，制马钱子含士的宁应为0.78%～0.82%；巴豆炮制品巴豆霜含脂肪油量应为18.0%～20.0%。

第22章 净制与切制

【考点1】★ **净制的概念** 净制是指中药材在切制、炮制或调配、制剂前，选取规定的药用部位，除去非药用部位、杂质及霉变品、虫蛀品等，使其达到药用的净度要求的操作。

【考点2】★ **净制的目的**

◆分离药用部位，使作用不同的部位各自发挥更好的疗效。如麻黄去根、莲子去心、扁豆与草果去皮。

◆进行分档，便于水处理或加热过程中分别处理，或使其均匀一致。如半夏、白术、乌头等。

◆除去非药用部位，使调配时剂量准确或减少服用时的副作用。如去粗皮、去瓤、去心、去芦等。

◆除去泥砂、杂质及虫蛀、霉变品，以达到洁净卫生。

【考点3】★ **净制的方法**

（1）以清除杂质为目的的净制

挑选 清除药物中的杂质与霉变品；或将药物分档，以达到洁净或便于进一步处理的目的。

筛选 根据药物和杂质的体积大小不同，通过不同规格的筛和箩，筛去杂质或将药物分档。

风选 利用药物和杂质的质量不同，借风力将杂质除去。

水选 将药物通过水洗，漂去杂质。

（2）以分离和清除非药用部位为目的的净制

去根或茎 用茎部的药物一般需除去主根、支根、须根等非药用部位，如石斛、芦根、藕节等。用根部的药物往往须除去残茎，如龙胆、丹参、威灵仙、防风等。

去皮壳 一些药物的表皮及果皮、种皮属非药用部位，应除去，如桃仁、苦杏仁去皮。另一些药物外皮有一定毒副作用也应除去。

去毛 如鹿茸的茸毛先用刃器基本刮净，再置酒精灯上稍燎一下，用布擦净毛茸；枇杷叶、石韦等在叶背密生绒毛，多用毛刷刷净；骨碎补、狗脊、马钱子等表面的黄棕色绒毛，可用砂炒法将毛烫焦，取出稍凉后再去毛茸。

去心 一是除去非药用部位，如牡丹皮、地骨皮、巴戟天等的木质心不药用，在产地趁新鲜时将心除去。二是分离药用部位，如莲子的心（胚芽）清心热，而莲子肉能补脾涩精，故需分别入药。

去芦 习惯去芦的药物有人参、党参、玄参、桔梗、地榆、牛膝、续断等。

此外，还有去核、去瓤、去枝梗、去头尾足翅、去残肉等。

【考点 4】★ 切制的概念 切制是指将净选后的药材进行软化，切成一定规格的片、丝、块、段等，便于有效成分煎出或利于炮炙、调配、贮存、制剂、鉴别等的一种操作。

【考点 5】★ 饮片类型

薄片 厚度 1～2mm，适宜质地致密坚实，切薄片不易破碎的药材。如白芍、乌药、天麻、三棱等。

厚片 厚度2～4mm，适宜质地松泡，黏性大，切薄片易破碎的药材。如茯苓、山药、天花粉、泽泻、升麻、大黄等。

斜片 厚度2～4mm，适宜长条形而纤维性强的药材。如甘草、黄芪、鸡血藤等。

段（咀、节） 长10～15mm，适宜全草类或形态细长，所含成分易于煎出的药材。如薄荷、荆芥、益母草、木贼、麻黄等。

丝 细丝宽约2～3mm，宽丝宽约5～10mm，适宜皮类、叶类和较薄果皮类药材。如黄柏、厚朴、桑白皮、合欢皮、陈皮等均切细丝；荷叶、枇杷叶、冬瓜皮、瓜蒌皮等均切宽丝。

块 边长为8～12mm的立方块。有些药材煎熬时易糊化，需切成大小不等的块状物。如阿胶丁等。

【考点6】★ 切制与干燥方法

（1）软化药材的方法

淋法（喷淋法） 适用于气味芳香，质地疏松的全草类、叶类、果皮类及有效成分易随水流失的药材。如薄荷、荆芥、佩兰、枇杷叶、陈皮、甘草等。

淘洗法 适用于质地松软，水分易渗入及有效成分易溶于水的药材。如五加皮、白鲜皮、防风、龙胆等。

泡法 适用于质地坚硬，水分较难渗入的药材。如天花粉、木香、乌药、三棱等。

漂法 适用于毒性药材、用盐腌制过的药材及具有腥臭气味的药材。如川乌、天南星、肉苁蓉、昆布、紫河车等。

润法 适用于质地坚硬，短时间内水分不易渗透至组织内部，达到内外湿度一致的药物。如三棱、槟榔、郁金等。

（2）药材软化程度检查法

习惯称"看水性"、"看水头"。

弯曲法——如白芍、山药、木通、木香等。

指掐法——如白术、白芷、天花粉、泽泻等。

穿刺法——如大黄、虎杖等。

手捏法——如延胡索、枳实、雷丸等。

（3）不同类型药材切药机的选用

剁刀式切药机 一般根、根茎、全草类药材均可切制，不适于颗粒药材的切制。

旋转式切药机 可进行颗粒药材的切制，不适于全草类药材的切制。

（4）干燥方法

自然干燥是指把切制好的饮片置日光下晒干或置阴凉通风处阴干。人工干燥是利用一定的干燥设备对饮片进行干燥的方法，干燥温度一般药物以不超过 80℃ 为宜，含芳香挥发性成分的药材以不超过 50℃ 为宜。

第 23 章 炒 法

炒法是指将净选或切制后的药材置炒制容器内，加或不加辅料，用不同火力加热，并不断搅拌或翻动至一定程度的炮制方法。

一、清炒法

【考点 1】★ 概念　　不加辅料的炒法称为清炒法（又叫"干炒法"）

【考点 2】★★★ 目的

（1）增强疗效。

（2）降低或消除毒副作用。

（3）缓和或改变药性。

（4）增强或产生止血作用。

【考点 3】★★ 分类

1. 炒黄

概念和方法　　将净选或切制后的药材，置炒制容器中，用文火或中火加热，炒至药材表面呈黄色或较原色稍深，或发泡鼓起，或爆裂，并透出药材固有气味。

（1）牛蒡子

炮制方法

●牛蒡子：取原药材，筛去灰屑及杂质。用时捣碎。

●炒牛蒡子：取净牛蒡子，置炒制容器内，用文火炒至微鼓起，有爆裂声，略有香气逸出时，取出晾凉。

炮制作用 生牛蒡子长于疏散风热，解毒散结。炒后能缓和寒滑之性，以免伤中，并且气香，宣散作用更佳。炒后还可杀酶保苷，利于苷类成分的保存，易于煎出有效成分。

（2）芥子、王不留行、莱菔子、苍耳子

炮制方法 ⎫
炮制作用 ⎬ 自学

2. 炒焦

概念和方法 将净选或切制后的药材，置炒制容器中，用中火或武火加热，炒至药材表面呈焦黄色或焦褐色，内部颜色加深，并有焦香气味。

（1）山楂

炮制方法

●山楂：取原药材，除去杂质及脱落的核、果柄等，筛去碎屑。

●炒山楂：取净山楂，用中火炒至颜色加深。

●焦山楂：取净山楂，用武火炒至外表焦褐色，内部焦黄色。

●山楂炭：取净山楂，用武火炒至表面焦黑色，内部焦褐色。

炮制作用 生山楂长于活血化瘀。炒山楂酸味减弱，可缓和对胃的刺激性，善于消食化积。焦山楂酸味减弱，且增加苦味，长于消食止泻。山楂炭其性收涩，具有止血、止泻之效。

（2）栀子

炮制方法
炮制作用 } 自学

3. 炒炭

概念和方法 将净选或切制后的药材，置炒制容器中，用中火或武火加热，炒至药材表面焦黑色，内部焦黄色或焦褐色。

（1）大蓟

炮制方法

●大蓟：除去杂质，抢水洗净，润软，切段或薄片，干燥，筛去碎屑。

●大蓟炭：取大蓟段用武火炒至表面焦黑色，内部棕褐色，喷洒少许清水，灭尽火星，取出晾干。

炮制作用 生大蓟凉血消肿。炒炭收敛止血作用增强。

（2）蒲黄、荆芥

炮制方法
炮制作用 } 自学

二、加辅料炒法

【考点1】★ 概念 净选或切制后的药材与固体辅料同炒

的方法称为加辅料炒法。

【考点2】★★★ **目的** 降低毒性，缓和药性，增强疗效，矫臭矫味等，同时辅料作为传热介质，能使药物受热均匀。

【考点3】★★ **分类**

1. 麸炒法

概念和方法 净选或切制后的药材用麦麸熏炒的方法称为麸炒法。

（1）枳壳

炮制方法

●枳壳：取原药材，除去杂质，用清水浸泡约 1h，洗净捞出，闷润 24～48h，至内外水分一致时切薄片，干燥，筛去脱落的瓤核。

●炒枳壳：先将锅烧热，均匀撒入定量麦麸，用中火炒至烟起时投入枳壳片，不断翻动，炒至淡黄色时取出，筛去麦麸，放凉。每 100kg 枳壳片用麦麸 10～15kg。

炮制作用 生枳壳行气宽中除胀作用较强。麸炒后减低其刺激性，缓和燥性与酸性，增强健胃消胀的作用。

（2）苍术

炮制方法⎫
　　　　　⎬自学
炮制作用⎭

2. 米炒法

概念和方法 净选或切制后的药材与米同炒的方法称为米炒法。

斑蝥

炮制方法

●斑蝥：取原药材，去头、足、翅及杂质。

●米炒斑蝥：将米用中火炒至冒烟，投入斑蝥，炒至米呈深黄色时取出，筛去米。每100kg斑蝥用米20kg。

炮制作用　生斑蝥多外用，毒性较大，以攻毒蚀疮为主。米炒后，降低其毒性，矫正其气味，可内服，以通经，破癥散结为主。

3. 土炒法

概念和方法　净选或切制后的药材与灶心土拌炒的方法称为土炒法。

白术

炮制方法

●白术：取原药材，除去杂质，用水润透，切厚片，干燥，筛去碎屑。

●土炒白术：先将土置锅内，炒至呈灵活状态时投入白术片，炒至白术表面挂土粉时，取出，筛去土，放凉。每100kg白术片用灶心土25kg。

●麸炒白术：先将锅烧热，撒入麦麸，待冒烟时投入白术片，不断翻动，炒至白术呈黄褐色，取出，筛去麦麸，放凉。每100kg白术片用麦麸10kg。

炮制作用　白术可健脾燥湿，利水消肿。土炒后以健脾止泻力胜，麸炒后可提高健脾和胃作用。

4. 砂炒法（也称"砂烫法"）

概念和方法 净选或切制后的药材与热砂共同拌炒的方法称为砂炒法。

（1）马钱子

炮制方法

●马钱子：取原药材，除去杂质。

●制马钱子：将砂用武火炒至灵活状态，投入净马钱子，炒至外皮呈灰褐色，内部鼓起时取出，筛去砂，放凉，除去绒毛。

●马钱子粉：取制马钱子，粉碎成细粉，测定士的宁和马钱子碱含量，加淀粉拌匀，使含量符合规定。

炮制作用 马钱子毒性大，一般供外用。砂炒后质地变脆，易于粉碎，也便于去除绒毛，且制后毒性降低，可供内服。

（2）骨碎补

炮制方法 ｝自学
炮制作用 ｝

5. 滑石粉炒法

概念和方法 净选或切制后的药材与热滑石粉共同拌炒的方法称为滑石粉炒法。

水蛭

炮制方法

●水蛭：取水蛭，洗净，闷软，切段，晒干。

●炒水蛭：取滑石粉置锅内，炒至灵活状态，投入水蛭段，拌炒至微鼓起，呈黄棕色时取出，筛去滑石粉，放凉。每100kg水蛭用滑石粉40kg。

炮制作用　水蛭生品有毒，多入煎剂以破血逐瘀为主。滑石粉炒后能降低毒性，质地酥脆，利于粉碎，多入丸散。

6. 蛤粉炒法

概念和方法　净选或切制后的药材与蛤粉共同拌炒的方法称为蛤粉炒法。

阿胶

炮制方法

●阿胶丁：取阿胶块，置文火上烘软，切成小方块。

●蛤粉炒阿胶：取蛤粉用中火炒至灵活状态，投入阿胶丁，炒至鼓起呈圆球状内无溏心时取出，筛去蛤粉。

●蒲黄炒阿胶：将蒲黄用中火炒至稍变色，投入阿胶丁，炒至鼓起呈圆球状内无溏心时取出，筛去蒲黄。

炮制作用　阿胶丁长于滋阴补血。炒制后降低了滋腻之性，同时也矫正了不良气味。蛤粉炒阿胶善于益肺润燥，蒲黄炒阿胶以止血安络力强。

第24章 炙 法

炙法是指将净选或切制后的药材置炒制容器内，加入一定量液体辅料拌炒的炮制方法。

一、酒炙

【考点1】★ 概念　净选或切制后的药材加酒（以黄酒为主）拌炒的炮制方法。

【考点2】★ 操作方法

(1) 先拌酒后炒药　适用于质地坚硬的的根及根茎类药材。

(2) 先炒药后加酒　适用于质地疏松的药材。

一般每 100kg 药材用黄酒 10～20kg。

【考点3】★★★ 目的

(1) 改变药性。

(2) 增强活血通络作用。

(3) 矫臭去腥。

【考点4】★★ 实例

(1) 大黄

炮制方法

●生大黄：原药材，净制，闷润，切厚片，干燥。

●酒大黄：生大黄片加黄酒拌匀，闷润吸尽，文火炒干。每100kg大黄用黄酒10kg。

●熟大黄：生大黄片置密闭容器内，加黄酒拌匀，闷润吸尽，隔水蒸至内外均呈黑色，取出，干燥。每100kg大黄用黄酒30～50kg。

●大黄炭：生大黄片武火炒至表面焦黑色，内部焦褐色，取出，放凉。

●醋大黄：生大黄片加醋拌匀，闷润吸尽，文火炒干。每100kg大黄用醋10kg。

炮制作用　生大黄泻下作用峻烈。酒炙后，其泻下作用稍缓，引药上行，以清上焦实热为主。经酒蒸后，泻下作用缓和，减轻腹痛之副作用，并增强活血祛瘀之功。大黄炭泻下作用极微，具有止血作用。醋大黄以消积化瘀为主。

（2）黄连、当归、蕲蛇

炮制方法
炮制作用 }自学

二、醋炙

【考点1】★　**概念**　净选或切制后的药材加米醋拌炒的炮制方法。

【考点2】★　**操作方法**

（1）先拌醋后炒药　一般药材均可采用此法。

（2）先炒药后加醋　多用于树脂类、动物粪便类药材。

一般每100kg药材用米醋20～30kg（最多不超过50kg）。

【考点3】★★★ 目的

（1）引药入肝。

（2）降低毒性。

（3）矫臭矫味。

【考点4】★★ 实例

（1）甘遂

炮制方法

●甘遂：取原药材，除去杂质，洗净，晒干，分档。

●醋甘遂：取净甘遂，加入米醋拌匀，闷润吸尽，用文火炒至微干，取出晾凉。每100kg甘遂用米醋40kg。

炮制作用 生品泻水逐饮，消肿散结，作用峻烈，易伤正气。醋炙后降低毒性，缓和泻下作用。

（2）延胡索、乳香、香附

炮制方法 ⎫
　　　　　⎬ 自学
炮制作用 ⎭

三、盐炙

【考点1】★ 概念 净选或切制后的药材加盐水拌炒的炮制方法。

【考点2】★ 操作方法

（1）先拌盐水后炒药 一般药材均可采用此法。

（2）先炒药后加盐水 用于含黏液质较多的药材。

盐水浓度一般为20%～25%

【考点3】★★★ 目的

（1）引药下行，增强疗效。

（2）增强滋阴降火作用。

【考点4】★★ 实例

（1）杜仲

炮制方法

●杜仲：将原药材刮去粗皮，洗净，润透，切丝或块，干燥。

●盐杜仲：净药材加盐水拌匀，闷至吸尽，用中火炒至颜色加深，有焦斑，丝易断。每100kg杜仲用食盐2kg。

炮制作用 生杜仲性温偏燥，能温补肝肾，强筋骨。盐炙杜仲可直达下焦，温而不燥，能增强补肝肾的作用。

（2）黄柏、泽泻、车前子

炮制方法 ⎫
炮制作用 ⎬ 自学

四、姜炙

【考点1】★ 概念 净选或切制后的药材加姜汁拌炒的炮制方法。

【考点2】★ 操作方法

药材与一定量姜汁拌匀，放置闷润，使姜汁逐渐渗入药材内部，然后置炒制容器中，用文火炒至一定程度，取出晾凉。或将药材与姜汁拌匀，待姜汁被吸尽后，进行干燥。

一般每100kg药材用生姜10kg，或用干姜3kg。

【考点3】★★★ 目的

（1）制其寒性，增强和胃止呕作用。

（2）缓和副作用，增强疗效。

【考点4】★★ 实例

厚朴

炮制方法

●厚朴：原药材刮去粗皮，洗净，润透，切丝，干燥。

●姜厚朴：厚朴丝加姜汁拌匀，闷润吸尽，文火炒干。或刮净粗皮的药材，扎成捆，用姜汤反复浇淋，微火加热共煮，至姜液被吸尽时切丝，干燥。每100kg厚朴丝用生姜10kg。

炮制作用 生厚朴辛辣峻烈，对咽喉有刺激性，故一般内服都不生用。姜制后可消除对咽喉的刺激性，并可增强宽中和胃的功效。

五、蜜炙

【考点1】★ 概念 净选或切制后的药材加炼蜜拌炒的炮制方法。

【考点2】★ 操作方法

（1）先拌蜜后炒药 一般药材均可采用此法。

（2）先炒药后加蜜 用于质地致密的药材。

炼蜜用量视药材性质而定，一般每100kg药材用炼蜜25kg。

【考点3】★★★ 目的

（1）增强润肺止咳作用。

（2）增强益气补脾作用。

（3）缓和药性。

（4）矫味和消除副作用。

【考点4】★★ 实例

（1）黄芪

炮制方法

●黄芪：取原药材，除去杂质，洗净，润透，切厚片，干燥。

●蜜黄芪：净黄芪加蜜水拌匀，闷润吸尽，文火炒至深黄色、不粘手，取出晾凉。每100kg黄芪片用炼蜜25kg。

炮制作用 黄芪长于益卫固表，托毒生肌，利尿退肿。蜜炙黄芪增强益气补中、扶脾生血之效。

（2）甘草、麻黄、枇杷叶

炮制方法
炮制作用 } 自学

六、油炙

【考点1】★ 概念 净选或切制后的药材加动植物油脂拌炒或采用其他方法处理的炮制方法。

【考点2】★ 操作方法

通常有油炒、油炸及油脂涂酥烘烤。

【考点3】★★★ 目的

（1）增强疗效。

（2）利于粉碎。

【考点4】★★ 实例

（1）淫羊藿

炮制方法

●淫羊藿：取原药材，摘取叶片，喷淋清水，稍润，切丝，干燥。

●炙淫羊藿：羊脂油置锅内加热熔化，加入淫羊藿丝，文火炒至微黄色，取出晾凉。每100kg淫羊藿用羊脂油（炼油）20kg。

炮制作用 淫羊藿以祛风湿，坚筋骨力胜。羊脂油炙淫羊藿能增强温肾助阳作用。

（2）蛤蚧

炮制方法 ⎱
炮制作用 ⎰自学

第/25章 煅 法

药材经高温炽灼处理的炮制方法称为煅法，包括明煅法、煅淬法和扣锅煅法。其主要目的是改变其原有性状，使其更适应于临床应用，或通过煅制以增强疗效。此法适用于质地坚硬的矿物类、贝壳类及质轻易燃的植物类药材。

一、明煅法

【考点1】★ 概念　不隔绝空气的煅制方法称为明煅法。

【考点2】★ 操作方法

通常有炉口煅、平炉煅、反射炉煅。

【考点3】★★★ 目的

(1) 改变药性，增强疗效。

(2) 使药物质地酥脆，利于粉碎。

【考点4】★★ 实例

(1) 白矾

炮制方法

●白矾：取原药材，除去杂质，捣碎或研细。

●枯矾：取净白矾置煅锅内，煅至膨胀松泡呈白色蜂窝状固体，取出，放凉。

注意：①一次性煅透，中途不得停火；②忌铁器。

炮制作用 白矾具有解毒杀虫、清热消痰、燥湿止痒作用。煅后收涩敛疮、止血化腐作用增强。

（2）牡蛎、石决明

炮制方法 ⎫
炮制作用 ⎭ 自学

二、煅淬法

【考点1】★ 概念 将药物按明煅法煅至红透，立即投入规定的液体辅料中骤然冷却的方法称为煅淬法。

【考点2】★ 操作方法
同明煅法，常用的淬液有醋、酒、药汁等。

【考点3】★★★ 目的
（1）改变药物的理化性质，减少副作用，增强疗效。
（2）使药物质地酥脆，易于粉碎。

【考点4】★★ 实例
（1）赭石

炮制方法

●赭石：取原药材，除杂，洗净，晒干，碾碎。

●煅赭石：取净赭石，碎成小块，武火煅至红透，立即倒入醋液中淬制，如此反复煅淬至质地酥脆，粉碎。每100kg赭石用醋25kg。

炮制作用 生品具有平肝潜阳、重镇降逆、凉血止血作用，煅后降低苦寒之性，增强了平肝止血作用，并使质地酥脆，易于粉碎。

（2）自然铜、炉甘石

炮制方法 ⎫
　　　　　 ⎬ 自学
炮制作用 ⎭

三、扣锅煅（闷煅）

【考点1】 ★ 概念 药物在高温缺氧的条件下煅烧成炭的方法称为扣锅煅（闷煅）。

【考点2】 ★ 操作方法

大锅内放置被煅药材，上扣一小锅，用湿盐泥封堵两锅相接处，高温煅至成炭。

【考点3】 ★★★ 目的

（1）改变药性，增强疗效或产生新的疗效。

（2）降低毒性。

【考点4】 ★★ 实例

血余炭

炮制方法 取头发，除去杂质，稀碱水洗去油垢，清水漂净，装于锅内，上扣一小锅（锅顶置一小纸片或几粒大米），用盐泥或黄泥封固，武火煅至纸片或大米呈深黄色为度，剁成小块。

炮制作用 本品不生用，煅后方具有止血作用。

第26章 蒸、煮、焯法

蒸、煮、焯法为一类"水火共制法"。这里的水可以是清水，也可以是水性液体（如酒、药汁等），个别药材也有用固体辅料的，如珍珠、藤黄、硫黄煮制时加用豆腐。

一、蒸法

【考点1】★ **概念** 净选或切制后的药材置一定大小的蒸制容器内，隔水蒸至适宜程度。

【考点2】★ **操作方法**

将药材洗漂干净，大小分开，质地坚硬者可先用水或其他液体辅料润透，以提高蒸制效果。将处理好的药材置笼屉或铜罐等蒸制容器内隔水蒸至所需程度。

【考点3】★★★ **目的**

（1）便于保存

（2）改变药性，产生新的作用。

（3）在蒸制过程中加入酒、醋等辅料则具有与酒炙、醋炙类同的作用。

（4）使药材软化，便于切制。

【考点4】★★ 实例

（1）何首乌

炮制方法

◆何首乌：取原药材，除去杂质，洗净，稍浸，切厚片或块，干燥。

◆制首乌：取生首乌片或块，用黑豆汁拌匀，润湿，置非铁质蒸制容器内，密闭，蒸至液汁被吸尽并呈棕褐色时取出，干燥。每100kg何首乌用黑豆10kg。

黑豆汁制法：取黑豆10kg，加水适量，约煮4小时，熬汁约15kg；黑豆渣再加水煮3小时，熬汁约10kg，合并得黑豆汁约25kg。

炮制作用 生首乌苦涩性平兼发散，具解毒、消肿、润肠通便功能。经黑豆汁拌蒸后，味转甘厚而性转温，增强了补肝肾、益精血、乌须发、强筋骨的作用。

（2）黄芩、地黄、黄精

炮制方法 ⎫
炮制作用 ⎭自学

二、煮法

【考点1】★ 概念 净选或切制后的药材置一定大小的容器内，加清水、药汁（个别药材用豆腐等固体辅料）等，加热煮沸，一直煮至所需程度。

【考点2】★ 操作方法

将药材洗漂干净，大小分开，质地坚硬者可先用水或其他液体辅料浸润若干小时。将处理好的药材置适宜容器内，先用武火，后用文火煮至内无白心，或液体辅料刚被吸尽为度。

【考点3】★★★ 目的

主要是降低毒性或除污

【考点4】★★ 实例

(1) 藤黄

炮制方法

◆藤黄：取原药材，除去杂质，轧成粗粒。

◆制藤黄：取大块豆腐，中间挖一长方形槽，将藤黄粗末置槽中，再用豆腐盖严，置锅内加水煮（或隔水蒸），候藤黄熔化后，取出放冷，待藤黄凝固，除去豆腐，即得。每100kg 藤黄用豆腐300kg。

炮制作用 藤黄有剧毒，生品有大毒，不能内服。制后毒性降低，可供内服。

(2) 川乌、附子

炮制方法 ⎱
炮制作用 ⎰ 自学

三、燀法

【考点1】★ 概念 净选或切制后的药材置沸水中短时间浸煮的方法。

【考点2】★ 操作方法

将药材洗漂干净，大小分开，投入沸水中，煮沸若干分钟，捞出，干燥。

【考点3】★★★ 目的

主要是破坏药材中的一些酶，同时也便于分离药用部位。

【考点4】★★ 实例

苦杏仁

炮制方法

◆生杏仁：取原药材，筛去皮屑杂质，拣净残留的核壳。用时捣碎。

◆苦（燀）杏仁：取净杏仁置 10 倍量沸水中略煮约 5min，至种皮微膨起即捞起，用凉水浸泡，取出，搓开种皮与种仁，干燥，筛去种皮。用时捣碎。

◆炒杏仁：取燀杏仁，置锅内用文火炒至微黄色，略带焦斑，有香气，取出，放凉。用时捣碎。

炮制作用 苦杏仁有小毒，燀去皮，除去非药用部位，便于有效成分煎出，提高药效，同时可杀灭杏仁酶，保护活性成分苦杏仁苷。燀制品擅于降气止咳，润肠通便。炒制后可去小毒，并具有温肺散寒作用。

第27章 其他制法

一、复制法

【考点1】★ 概念 将净选或切制后的药材加入一种或多种辅料，按规定操作程序，反复炮制的方法称为复制法。

【考点2】★★ 目的

（1）降低或消除药物的毒性。

（2）改变药性。

（3）增强疗效。

（4）矫臭解腥。

【考点3】★★ 实例

半夏

炮制方法

◆生半夏：取原药材，除去杂质，洗净，干燥。

◆清半夏：取净半夏，用8%白矾溶液浸泡至内无干心，口尝微有麻舌感取出，洗净，切厚片，干燥。每100kg半夏用白矾20kg。

◆姜半夏：取净半夏，用水浸泡至内无干心，加白矾与生姜汁，共煮至透心，切薄片，干燥。每100kg半夏用生姜

25kg，白矾 12.5kg。

◆法半夏：取净半夏，用水浸泡至内无干心，加入甘草汁及石灰液中搅匀，浸泡，每日搅拌 1～2 次，并保持浸液 pH 值 12 以上，至切面黄色均匀，口尝微有麻舌感时，洗净，干燥。每 100kg 半夏，用甘草 15kg，生石灰 10kg。

炮制作用 生半夏具有化痰止咳、消肿散结的功能，有毒，多作外用。经炮制后，能降低毒性，缓和药性，消除副作用。清半夏长于化痰，以燥湿化痰为主；姜半夏增强了降逆止呕作用；法半夏偏于祛寒痰，同时具有调和脾胃的作用。

二、发酵法

【考点 1】 ★ **概念** 根据不同的品种，采用不同的方法进行加工处理后，置温度、湿度适宜的环境下进行发酵的炮制方法称为发酵法。

【考点 2】 ★★ **目的**

（1）改变药性，产生新的疗效。

（2）增强疗效。

【考点 3】 ★★ **实例**

六神曲

炮制方法

◆神曲：取杏仁、赤小豆碾成粉末，与面粉混匀，加入鲜青蒿、鲜辣蓼、鲜苍耳草药汁，揉搓成团，压制成扁平方块，按"品"字形堆放，置 30℃～37℃下，经 4～6 天即能发酵。待有霉衣长出时，取出，切成小方块，干燥。每 100kg

面粉，用杏仁、赤小豆各 4kg，鲜青蒿、鲜辣蓼、鲜苍耳草各 7kg。

◆炒神曲：先将锅烧热，取麸皮均匀撒于热锅内，待烟起时倒入神曲，炒至神曲表面呈棕黄色；或用清炒法，炒至棕黄色。每 100kg 神曲用麦麸 10kg。

◆焦神曲：将神曲块用文火炒至表面焦褐色，内部微黄色，有焦香气时，取出，放凉。

炮制作用 六神曲健脾开胃，并有发散作用。麸炒神曲以醒脾和胃为主，用于食积不化，脘腹胀满。焦神曲消食化积力强，以治食积泄泻为主。

三、发芽法

【考点1】★ **概念** 选用新鲜、成熟、饱满的果实或种子，用清水浸透，置通风、湿润的环境中使其发芽，至芽长符合要求后，取出，干燥。这一炮制方法称为发芽法。

【考点2】★★ **目的**
产生新的功效。

【考点3】★★ **实例**
麦芽

炮制方法

◆麦芽：取成熟饱满的净大麦，用清水浸泡至 6～7 成透，置能排水容器内盖好，每日淋水 2～3 次，保持湿润，待叶芽长至 0.5cm 时，取出，干燥，即得。

◆炒麦芽：取净大麦芽，用文火炒至表面棕黄色，鼓起并有香气时，取出，放凉。

◆焦麦芽：取净麦芽，用中火炒至有爆裂声，表面呈焦褐色，鼓起并有焦香气时，取出，放凉。

炮制作用　麦芽健脾和胃、通乳。炒麦芽增强开胃消食作用并能回乳。焦麦芽消食化积作用更强。

四、制霜法

【考点1】★　概念　药材经过去油制成松散粉末，或析出细小结晶或升华的方法称为制霜法。

【考点2】★★　目的

（1）降低毒性，缓和药性。

（2）消除副作用。

（3）纯净药物。

（4）制造新药。

【考点3】★★　实例

（1）巴豆霜

炮制方法

◆生巴豆：取原药材，除去杂质，浸湿后用稠米汤或稠面汤拌匀，置日光下暴晒或烘干后，搓去外壳，取仁。

◆巴豆霜：取净巴豆仁，碾如泥状，里层用纸，外层用布包严，蒸热，用压榨器榨去油，如此反复数次，至药物松散成粉，不再粘结成饼为度。

炮制作用　生巴豆毒性强烈，仅供外用蚀疮。去油制霜后，能降低毒性，缓和其泻下作用。

（2）西瓜霜

炮制方法
炮制作用 } 自学

五、煨法

【考点1】★ 概念　将药材用湿面或湿纸包裹，置于加热的滑石粉中，或将药材直接置于麦麸中，或将药材铺摊于吸油纸上，层层隔纸加热，以除去部分油质。上述这些炮制方法统称为煨法。

【考点2】★★ 目的

（1）缓和药性，增强疗效。

（2）降低毒副作用。

【考点3】★★ 实例

肉豆蔻

炮制方法

◆麦麸煨：麦麸和肉豆蔻同置锅内，文火加热（适当翻动），至麦麸呈焦黄色，肉豆蔻呈深棕色时取出，筛去麦麸。每100kg肉豆蔻用麦麸40kg。

◆滑石粉煨：滑石粉炒至灵活状态，投入肉豆蔻，适当翻动，至肉豆蔻呈深棕色并有香气逸出时取出，筛去滑石粉。每100kg肉豆蔻用滑石粉50kg。

◆面裹煨：用面皮将肉豆蔻逐个包裹，或将肉豆蔻用水泛丸法包裹面粉3～4层，晒至半干，投入已炒热的滑石粉中，适当翻动，至面皮呈焦黄色时取出，筛去滑石粉，剥去面皮。每 100kg 肉豆蔻用面粉 50kg。

炮制作用 生肉豆蔻含大量油质，有滑肠之弊，并具刺激性，一般多制用。煨制后可除去部分油质，免于滑肠，减小了刺激性，增强了固肠止泻的功能。

六、提净法

【考点1】★ **概念** 某些矿物药，尤其是一些可溶性无机盐类药物，经过溶解、滤过，除尽杂质后，再行重结晶，以进一步纯制药物。这种方法称为提净法。

【考点2】★★ **目的**

(1) 使药物纯净，提高疗效。

(2) 缓和药性。

(3) 降低毒性。

【考点3】★★ **实例**

芒硝

炮制方法 取鲜萝卜，加水，煮透，捞出萝卜，投入朴硝共煮，至全部溶化，过滤，放冷，至大部分结晶析出，取结晶，置避风处适当干燥，即得。每 100kg 朴硝用萝卜 20kg。（结晶后的母液经浓缩后可继续析出结晶，直至不再析出结晶为止。）

炮制作用 用萝卜煮制后所得的芒硝，可提高其纯净度，同时缓和其咸寒之性，并借萝卜消积滞、化痰热、下气、宽中作用，以增强芒硝润燥软坚、消导、下气、通便之效。

七、水飞法

【考点1】★ 概念　利用药物不溶于水以及粗细粉末在水中悬浮性不同的性质，将矿物类、贝壳类等不溶于水的药物经反复研磨制备成极细粉末的方法，称为水飞法。

【考点2】★★ 目的

（1）去除杂质，洁净药物。

（2）使药物质地细腻，便于内服或外用。

（3）防止药物在粉碎或研磨过程中粉尘飞扬，污染环境。

（4）除去药物中可溶于水的毒性物质。

【考点3】★★ 实例

朱砂

炮制方法　取原药材，磁铁吸尽铁屑，置乳钵内，加适量清水研磨成糊状，再加多量清水搅拌，稍静置，倾出混悬液。下沉的粗粉再如上法，反复操作多次，直至手捻细腻，无亮星为止，弃去杂质。合并混悬液，静置，取沉淀，干燥，研细，即得。

炮制作用　纯净药物，并可使质地坚硬的药物成极细粉末，便于制剂和服用。